MARY, ERZÄHLUNG

BJÖRNSTJERNE BJÖRNSON

Herausgeber: Culturea (34, Hérault)
Druck: BOD - In de Tarpen 42, Norderstedt (Deutschland)
Website: http://culturea.fr
Kontakt: infos@culturea.fr
ISBN:9791041907281
Veröffentlichungsdatum: FEBRUAR 2023
Layout und Design: https://reedsy.com/
Dieses Buch wurde mit der Schriftart Bauer Bodoni gesetzt.

ER WIRT MIR GEBEN

Das Gut und die Familie

Die Küstenlinie des südlichen Norwegen ist häufig unterbrochen. Daran sind die Berge und die Flüsse schuld. Das Gebirge läuft in Hügel und Landzungen aus, denen oft Inseln vorgelagert sind; die Ströme haben Täler gegraben und münden in Buchten.

In solch einer Bucht, dem "Kroken", lag das Gehöft. Ursprünglich hieß der Hof Krokskog, woraus die dänischen Beamten in ihren Protokollen "Krogskov" machten; jetzt heißt er Krogskog. Die Besitzer nannten sich einstmals Kroken; Anders oder Hans Kroken, das waren die Hauptnamen. Später nannten sie sich Krogh, der General vom Geniekorps sogar von Krogh. Jetzt heißen sie recht und schlecht Krog.

Alle Leute, die auf den kleinen Dampfern von oder nach der nahen Stadt hier vorbeikamen und an der Landungsbrücke unterhalb der Kapelle anlegten, wußten davon zu erzählen, wie behaglich und traulich geborgen Krogskog doch daläge.

Die Berge am Horizont nahmen sich großartig aus; hier vorn aber waren sie niedriger. Zwischen zwei vorspringenden, bewaldeten, langgestreckten Hügelrücken lag der Hof. So dicht drängten sich die Häuser an die Anhöhe zur Rechten, daß es den Dampferpassagieren vorkam, als könne man vom Dach des Hauses auf den Hügel hinüberspringen; der Westwind fand hier keinen Einlaß; wie beim Versteckspiel konnte man zu ihm sagen: "Ein Haus weiter!" Das gleiche konnte man auch zum Nord- und Ostwind sagen. Einzig der Sturm von Süden her kam zu Gast, aber auch nur in aller Bescheidenheit. Die Inseln, eine große und zwei kleine, hielten ihn auf und stutzten ihn zurecht, bis sie ihn weiterziehen ließen. Die hohen Bäume vor dem Hause wiegten nur gerade rhythmisch ihre höchsten Wipfel; die Haltung verloren sie nicht.

Diese stille Bucht hatte den besten Badestrand der ganzen Gegend. Besonders die Jugend kam im Sommer an den Samstagabenden oder Sonntags aus der Stadt, um im Wasser auf dem sandigen Grunde herumzutollen oder nach der Großen Insel hin und zurück zu schwimmen. Von Krogskog aus gesehen, lag der Badestrand zur Linken, da, wo der Fluß mündete, wo die Landungsbrücke war, und wo, ein wenig höher und dem Hügel näher, auch die Kapelle sich befand, umgeben von den Krogschen Familiengräbern. Von da bis hinauf zu den Häusern rechts war es ein gutes Stück. Hier oben war kaum je der Lärm der Badenden und Spielenden zu hören. Anders Krog aber kam gern selbst hinunter, um ihnen zuzusehen, wenn sie auf der Sandbank oder im Walde draußen auf der Landspitze Feuer angezündet hatten. Er kam vermutlich, um ein Auge aufs Feuer zu haben. Aber davon hörte und merkte niemand etwas. Er war bekannt als "der höflichste Mann der Stadt", oder "der erste Gentleman der Stadt." Seine großen, eigentümlich leuchtenden Augen glitten wie ein freundlicher Willkommgruß über alle Gesichter; die wenigen Worte, die er sprach, enthielten nichts als gute Wünsche. Er selbst stieg den Hügel weiter hinan auf seinem gewohnten, langsamen Rundgang. Seine hohe, leicht vornübergebeugte Gestalt war oben im Wald zu sehen, und so lange blieb es still. Aber was hatten sie hier sonst für einen Spaß. Meist waren es Arbeiter und Handwerker aus der Stadt, Turnvereine, Gesangvereine, Kinder. Sie scharten sich bei der Landungsbrücke und bei der Kapelle; da zogen sie sich aus.

Die Strandstraße führte unmittelbar daran vorbei. Aber im Sommer fuhr selten jemand dort entlang; da fuhr man lieber mit den kleinen Dampfern oder in Booten. Wenn die Badenden oben auf dem Hügel einen Posten aufstellten, waren sie sicher, daß keiner sie überrasche.

Oben auf dem Hof selbst war es still, immer still. Die schönste Vorderfront des Hauptgebäudes sah nicht einmal auf die Bucht hinaus, sondern aufs Feld. Das Haus bestand aus zwei hohen Stockwerken mit abgestumpften Dachecken. Ein langes, breites Haus.

Die Grundmauer vorn war ziemlich hoch; eine bequeme Treppe führte hinauf. Das ganze Gebäude war weißgestrichen, die Grundmauer aber und die Fenster schwarz. Die Nebenhäuser lagen näher dem Hügel zu; vom Dampfer aus waren sie nicht zu sehen. Zu beiden Seiten des Hauptgebäudes große Gärten. Der Garten nach der See zu stand voller Obstbäume, der links vom Hause war ausschließlich Blumen- und Küchengarten.

Zwischen den Höhen lag ein länglicher Streifen flachen Wiesenlandes. Es war vorzüglich bestellt. Die großen holländischen Kühe hatten es gut hier.

Die Geschichte des Gutes und der Familie hatte der Wald vorausbestimmt. Der Wald war groß und üppig und war glücklicherweise frühzeitig unter holländische Pflege und Sparsamkeit geraten, damals als holländische Kuffs die Waldbesitzer in Norwegen aufsuchten. Hier bekamen sie ihre Holzladung und versorgten die Norweger dafür mit ihrer Kultur und deren Erzeugnissen. Krogskog hatte besonderes Glück dabei; denn vor nun dreihundert Jahren geschah es, daß der Besitzer eines Kuffs, der in der Bucht lag und lud, sich in des Bauern blondhaarige Tochter verliebte. Das Ende vom Liede war, daß er die ganze Herrlichkeit kaufte. Ein wundervoll gemaltes Bild von ihm und ihr hängt noch in der guten Stube, der Eckstube nach der Bucht hinaus. Das Porträt zeigt einen langen, hageren Mann mit ungewöhnlich leuchtenden Augen. Er war dunkelhaarig und ein wenig krummnackig. Der Stamm muß kräftig gewesen sein, denn so sehen die Krogs noch heutigentags aus. Der erste holländische Besitzer hieß nicht Krog; er wohnte auch nicht hier; aber der Sohn, der den Hof übernahm, war nach seinem Großvater mütterlicherseits Anders Krog getauft, und er nannte seinen Sohn nach seinem eigenen Vater Hans. Fortan wechselten die beiden Namen miteinander ab. Wenn noch mehr Söhne da waren, hieß einer Klas und einer Jürges, woraus im Lauf der Zeit Klaus und Jürgen wurde. Die Mischehen mit den holländischen Verwandten setzten sich nämlich fort, so daß die Familie zu gleichen Teilen holländisch und norwegisch war; der Haushalt wurde lange Zeit ganz holländisch geführt.

Aber es war, als wenn sich die Rassen trotzdem nicht vermischten. Wahrscheinlich weil das holländische Element nicht rein holländisch war,in diesem Falle hätte es sich leichter mit dem norwegischen Element verschmolzen,sondern mit spanischem Blut durchsetzt war. Das schwarze Haar, die leuchtenden Augen, der hagere Körper vererbten sich von Glied zu Glied bei den Männern; das blonde Element aber und die kräftig gebaute Gestalt blieb den Frauen eigen; in ihnen floß norwegisches Blut, vermengt mit holländischem. Selten sah man ein andres Zugeständnis der männlichen Linie an die weibliche oder umgekehrt, als daß helles und dunkles Haar sich in rotem fanden, oder daß die leuchtenden Augen auch einmal auf ein Frauenantlitz übergingen.

Es war eine Eigentümlichkeit der Familie, daß in allen Ehen mehr Mädchen als Knaben geboren wurden. Die Krogs waren schöne Menschen und durchgehend wohlhabend; infolgedessen war die Familie weitverbreitet und angesehen. Man sagte ihnen nach, sie hielten ihre Leute und ihre Habe gut zusammen.

Ihnen allen gemeinsam war ein weises Maßhalten. In Norwegen ist es ja allgemein, daß ein Vermögen nicht durch drei Generationen besteht. Wird es nicht in der zweiten vergeudet, dann sicherlich in der dritten. Hier hielt es sich. Für den Hauptsitz der Familie waren die Wälder heute eine ebensolche Quelle des Reichtums wie vor dreihundert Jahren.

Erblich in der Familie war der Hang zum Wandern. In der Bibliothek des Hofes waren mehr Reisebeschreibungen als Werke aus anderen Gebieten, und es wurden ihrer beständig mehr. Schon die Kinder hatten am Reisen Interesse, d.h. sie machten Pläne nach Büchern, Bildern und Karten. Sie spielten reisen auf den Tischen. Sie wanderten von der einen Stadt, die aus farbigen Papierhäusern aufgebaut war, zu den andern gleicher Art. Sie schoben Schiffe hin und her, die auch aus buntem Papier waren und die Bohnen, Kaffee, Salz und Hölzer führten. Draußen auf der Bucht ruderten, segelten und schwammen sie von der Landungsbrücke zu den Inseln hinüber. Von Europa nach Amerika, von Japan nach Ceylon. Oder sie zogen über die Hügelrücken, d.h. über die Kordilleren zu den allerdenkwürdigsten Indianerstädten.

Kaum waren sie erwachsen, so ging es auf die Wanderschaft; es fing meistens mit einer Reise zu den holländischen Verwandten an. So kam vor vielleicht zweihundert Jahren ein Mann dahin, der freilich sofort mit einem holländischen Ostindienfahrer weiterreiste, aber nach Amsterdam zurückkehrte in dem Wunsch, Baumeister und Ingenieur zu werden, was damals zusammengehörte. Er zeichnete sich aus und wurde später als Lehrer in seinem Fach nach Kopenhagen berufen. Da ging er zum Heer über und wurde schließlich General im Geniekorps. Durch Erbschaft und Arbeit hatte er sich ein Vermögen erworben, nahm den Abschied und siedelte sich in Krogskog an, das er einem kinderlosen Bruder abkaufte. Er nannte sich Hans von Krogh. Er baute das jetzige Hauptgebäude aus Stein, eine wenig gebräuchliche Bauart in einer norwegischen Waldgemeinde. Der alte Ingenieur wollte seinen Spaß haben. Obwohl er nicht verheiratet war, baute er es geräumig "für die Kommenden." Alle Häuser des Gehöfts baute er um; er grub und pflanzte; er ließ einen Gärtner aus Holland kommen, den alten Siemens, von dessen strengem Wesen und heißem Streben nach Reinlichkeit und Ordnung noch heute berichtet wird. Für ihn baute der General das Treibhaus und die Gärtnerwohnung.

Der General wurde sehr alt. Nach ihm geschah nichts Besonderes, bis der Jüngere von zwei Brüdern nach Amerika ging und sich dicht am Michigansee ansiedelte, wo damals noch Neuland war. Das wurde als ein großes Ereignis angesehen. Er hieß Anders Krog, und es ging ihm gut da drüben. Nur wunderte man sich, daß er sich nicht verheiratete. Er wollte einen seiner Neffen zu sich nehmen, um ihm seinen Besitz zu überlassen. So kam es, daß der ältere Bruder des jetzigen Eigentümers von dannen zog. Er hieß Hans.

Aber siehe da, ein jung norwegisch Mädchen, auch eine Verwandte, kam genau zur selben Zeit hin, und in sie verliebte sich der alternde Onkel. Er bot seinem Neffen an, ihm die Kosten der Rückreise zu erstatten. Dem jungen Mann aber erschien das unwürdig. Er blieb und fing ein eigenes Geschäft an, und zwar einen Holzhandel, denn darauf verstand er sich. Das Geschäft ging außerordentlich gut. Als er nach dem Tode seines Vaters nach Hause sollte und den Hof übernehmen, wollte er nicht. Der jüngere Bruder Anders war inzwischen Kaufmann geworden; er betrieb das größte Kolonialwarengeschäft der Stadt. Jetzt mußte er auch den Hof übernehmen.

Ein eigentlicher Geschäftsmann war der junge Anders Krog nicht. Aber seine Gewissenhaftigkeit ohnegleichen und sein rücksichtsvolles Wesen bewirkten, daß bald alle bei ihm kauften. Ein andrer hätte reich dabei werden müssen; aber das wurde er nicht. Als er Krogskog übernahm, war sowohl das Geschäft in der Stadt wie vor allem auch der Hof erheblich verschuldet. Keins von beiden hatte er billig bekommen. Reisen hatte er freilich auch müssen, aber es waren jedes Jahr nur vier Wochen gewesen, einmal nach England, ein andermal nach Frankreich usw. Sein größter Wunsch war allerdings, einmal bis nach Amerika zu kommen, aber dazu hatte er denn doch nicht den Mut. Er begnügte sich damit, von dem neuen Wunderlande zu lesen; Lesen war seine größte Freude; nach ihr kam das Hantieren im Garten. Das verstand er besser als der Gärtner.

Dieser stille Mann mit den leuchtenden Augen war schüchtern wie ein Mädchen von vierzehn Jahren. An jedem Werktag morgen suchte er sich einen einsamen Platzd.h. wenn so einer da warauf dem kleinen Dampfer, der ihn nach der Stadt brachte, solange die Bucht nicht zugefroren war. Beim Aussteigen war er voll Rücksicht gegen die andern; ehrerbietig grüßend eilte er an ihnen vorbei, wenn er an Land gekommen war,und war dann in seinem Hause am Markt zu finden bis zum Abend, wo er auf die gleiche Weise heimkehrte. Das heißt: wenn er nicht radelte. Im Winter fuhr er mit dem Wagen oder übernachtete in der Stadt, wo er in seinem eigenen Hause zwei bescheidene Mansardenstuben bewohnte.

Er hatte das Zeug zu dem besten Ehemann, den man sich in der Stadt vorstellen konnte. Aber seine unüberwindliche Bescheidenheit machte jede Annäherung unmöglich,bis die rechte kam. Da war er aber schon über vierzig Jahr. Es ging ihm wie seinem Namensvetter, dem Onkel am Michigansee, daß ein junges Mädchen aus seiner eigenen Familie erschien und ihn eroberte. Und das war ausgerechnet das einzige Kind dieses Onkels.

Er stand eines Sonntag morgens in Hemdsärmeln in seinem Küchen- und Blumengarten an der Nordseite des Hauses, als ein junges Mädchen mit einem großen Strohhut die beiden unbehandschuhten Hände auf das weiße Staket legte und zwischen den großen Knaufen des Gitters hindurchschaute.

Anders Krog, der vor einem Blumenbeet kauerte, hörte ein schelmisches "Guten Tag" und fuhr in die Höhe. Seine Augen nahmen das Mädel wie eine Offenbarung in sich auf. Sprachlos und unbeweglich stand er mit seinen erdigen Händen da und starrte sie an.

Sie lachte und sagte: "Wer bin ich?" Da kam ihm die Besinnung zurück. "Sie sindSie sind sicher", er kam nicht weiter, aber sein Lächeln hieß sie willkommen. "Wer bin ich?""Marit Krog aus Michigan." Er hatte von seiner Schwester, die jenseits des linken Hügelrückens wohnte, gehört, Marit Krog sei unterwegs. Aber er hatte nicht geahnt, daß sie schon da war."Und Sie sind der Bruder meines Vaters", antwortete sie in etwas englischem Tonfall. "Wie Ihr beide Euch ähnlich seid!Nein, wie Ihr Euch ähnlich seid!"Sie stand und starrte ihn an. "Darf ich nicht hineinkommen?""Ja, selbstverständlich,aber ersterst muß ich doch", er blickte auf seine Hände und auf die Hemdsärmel."Ich kann ja ins Haus gehen?" sagte sie unternehmungslustig. "Das können Sie,selbstverständlich! Gehen Sie bitte durch die Haupttür hinein. Ich werde das Mädchen schicken", und er begab sich eilig nach der Küche.

Sie lief vorn vor das Gebäude und die Treppe hinauf. Sie mußte einen ungeheuer großen Schlüssel, der wie der ganze Eisenbeschlag ein altes Kunstwerk war, umdrehen, um in das Vorzimmer zu gelangen, das sehr viel Licht hatte. In ihr steckte ein Stück von einem Maler, sie hatte Augen für so etwas. Sie sah sofort, daß all diese großen und kleinen Schränke wunderschöne holländische Arbeit waren, und daß das Zimmer größer war, als es den Anschein hatte; denn die Möbel nahmen viel Platz ein. Eine schöne altertümliche Treppe mit Schnitzwerk führte zu ihrer Rechten in das zweite Stockwerk hinauf. Geradeüber mußte der Eingang in die Küche sein; sie dachte es sich und sie roch es auch. Das bestätigte sich ihr, als das Mädchen herauskam. Durch die offne Tür sah sie in eine Küche hinein, deren Fußboden mit Marmorfliesen belegt war; die Wände waren mit blaubemalten Kacheln bekleidet, und auf dem Gesims, das die Wand in zwei Hälften teilte, stand blankgeputztes Kupfergeschirr in allen Größen. Eine holländische Küche.

Hier im Vorzimmer stand sie auf Teppichen so dick, wie sie noch nie welche betreten hatte. Ebenso schwer waren die Teppiche auf der Treppe, die von Messingstangen gehalten wurden, wie sie dicker nie welche gesehen hatte. Hier gehen die Menschen auf Kissen, dachte sie, und ihr kam gleich das Bild in den Sinn, das Haus sei ein ungeheures Bett. Später nannte sie es immer "das Bett." "Wollen wir jetzt nach Hause ins Bett?" sagte sie dann lachend. Zu beiden Seiten sah sie Türen und malte sich die Zimmer dahinter aus. Links von ihr, d. h. an der rechten Seite des Hauses, komme erst ein kleineres Zimmer nach vorn und dahinter, nach der Bucht hinaus, ein großer Raum über die ganze Breite des Hauses. Und das traf zu. Zur Rechten stellte sie sich das Haus der Länge nach in zwei Zimmer geteilt vor. Auch das stimmte. Es war nicht weiter verwunderlich, denn ihres Vaters Haus am Michigansee war nach diesem Bau eingerichtet. Oben dachte sie sich einen breiten Gang quer durch das Haus und kleinere Zimmer zu beiden Seiten des Flurs. Waren aber hier unten schon unglaublich dicke Teppiche, so waren sie da oben womöglich noch dicker, richtige Kissen. Dies Haus ließ kein Geräusch aufkommen. Hier lebten stille Menschen.

Das Mädchen hatte die Tür an der Seite geöffnet, die zur See hinausging. Marit trat ein und sah sich alle Malereien und Schnurrpfeifereien im Zimmer an; es war allerdings überladen, aber jedes einzelne Stück war sorgfältig ausgesucht, zum Teil mit intimem Geschmack; das sah sie sofort. Hier waren unter anderem Gemälde, die einen hohen Wert haben mußten. Was sie aber besonders beschäftigte, war der Gedanke, daß sie erst jetzt ihren alten Vater verstand, obwohl sie von klein an mit ihm zusammengelebt hatte, ganz allein mit ihm; ihre Mutter hatte sie früh verloren. Aus so viel Feinem und Kostbarem war er zusammengesetzt. Ein bißchen bunt durcheinander und daher unbeachtet. War's nicht, als komme er jetzt und stelle sich neben sie und lächele sein diskretes, warmes Lächeln, weil er sich verstanden wußte?

Da kam er ja! Durch die offne Tür sah sie ihn die Treppe herunterkommen. Jünger zwar, aber das tat nichts, die Augen waren nur noch schöner und inniger,er kam daher mit demselben Gang, denselben Armbewegungen, genau so vornübergebeugt und behutsam sich nähernd. Und wie er sie jetzt ansah und mit ihr sprach und sie willkommen hieß ... mit den gleichen abgetönten Worten, da ahnte sie in alldem die tiefe Achtung vor dem Individuellen, die in ihren Augen ihren Vater vor allen auszeichnete, die sie kannte. Der Vater hatte dünneres Haar, sein Gesicht war runzlig, der Mund hatte nicht mehr alle Zähne, die Haut war verschrumpft ... Gerade diese Erinnerung füllte ihre Augen mit Tränen. Sie blickte empor in seine jüngeren Augen, hörte seine frischere Stimme, fühlte den Druck seiner wärmeren Hand. Sie konnte nicht dafür, sie schlang beide Arme um Anders Krogs Hals, schmiegte sich an seine Brust und weinte.

Nun, damit war es entschieden. Er stand für nichts mehr.

Nach einer Weile saßen sie beide zusammen in dem Boot, mit dem sie gekommen war. Sie ruderte um die Landspitze herum. Teils um seiner selbst willen, teils auch wegen der Badenden, die zusahen, hatte er ein paar schüchterne Versuche gemacht, ihr das Ruder abzunehmen. Aber seit dem Augenblick, da sie beide Arme um seinen Hals legte, hatte er sich seiner Macht begeben. Er wußte im voraus, daß er so tun mußte, wie dies reiche rote Haar es wünschte. Er saß und sah in ihr sommersprossiges Gesicht und auf die sommersprossigen Hände, auf ihre prächtige Gestalt und ihren frischen Mund. Er sah über dem Halskragen die feinste weiße Haut; es war etwas in den Augen, das genau dazu paßte. Er wurde nicht fertig, bis sie am Ziel waren. Auch auf dem Wege zum Hof der Schwester wurde er nicht fertig, weder mit ihrer weichen Stimme, noch mit ihrem Gang, noch mit ihren Füßen, noch mit ihrer Kleidung, noch mit den Zähnen und dem Lächeln und am allerwenigsten mit dem, was sie da holterdipolter erzählte,es war etwas Verwirrendes in allem.

Am nächsten Morgen fuhr er nicht in die Stadt. Sowie der Dampfer, auf dem er hätte sein müssen, um die Landspitze herum war, kam ihr weißes Boot. Sie hatte eine Magd bei sich, die Wache halten sollte, denn jetzt wollte auch sie baden.

Als sie fertig war, kam sie herauf. Sie wollte bis Mittag bleiben. Nachher gingen sie zusammen über den Hügelsattel zurück, das Boot hatten sie nach Hause geschickt.

Am andern Tage fuhr sie mit ihm in die Stadt. Tags darauf mußte auch die Tante mit, aber diesmal wollte sie mit dem Wagen fahren. Und so jeden Tag etwas Neues. Die beiden Geschwister lebten nur für sie. Sie nahm es hin, als müsse es so sein.

Als sie drei Wochen so mit ihnen gelebt hatte, kam ein Kabeltelegramm vom Bruder Hans mit der Nachricht, Onkel Anders sei plötzlich gestorben; Marit solle vorbereitet werden.

Dies war der schwerste Gang, den Anders Krog je gegangen war,über den Hügelrücken zur Schwester, mit diesem Telegramm in der Tasche. Gerade als er das trauliche gelbe Haus, umgeben von Wirtschaftshäusern und Bäumen, drunten in der Ebene vor sich liegen sah, hörte er die Essensglocke vergnüglich in den heiteren, sonnigen Tag hinaustönen. Da wartete der gedeckte Tisch. Er setzte sich hin; er hatte das Gefühl, als könne er nicht weiter. Er mußte ja hinunter und den frohen Tag morden.

Als er endlich auf den Hof gelangte, ging er zusammen mit einigen Arbeitern, die von weither zum Mittagessen kamen, zur Hintertür hinein.

Hier traf er die Schwester, die ihn ins Hinterzimmer hineinnötigte. Ebenso wie er erschrak sie und wurde traurig; aber sie war eine mutigere Natur und übernahm es, Marit, die nicht zu Hause war, aber jeden Augenblick kommen mußte, die Mitteilung zu machen.

Vom Hinterzimmer aus hörte Anders Krog dann nachher einen Ruf und einen Aufschrei, den er nie wieder vergaß. Er sprang bei diesem Schmerzenslaut auf, konnte sich aber nicht überwinden, das Zimmer zu verlassen; ein wehes Schluchzen von drinnen hielt ihn fest. Es wurde stärker und stärker, unterbrochen von kurzen Ausrufen. Die gleiche unmittelbare Kraft in ihrem Schmerz wie in ihrer Freude. Es jagte ihn in der Stube umher, bis die Schwester die Tür öffnete: "Sie möchte Dich sehen."

Da mußte er hinein; mit Aufbietung all seiner Willenskraft zwang er sich dazu. Sie lag auf dem Sofa; aber er ließ sich kaum sehen, als sie sich aufrichtete und die Arme ausstreckte: "Komm, komm! Jetzt bist Du mein Vater."Er eilte hin und beugte sich über sie; sie legte den Arm um seinen Hals und drückte ihn fest an sich; er mußte hinknien.

"Du darfst mich nie mehr verlassen! Nie, nie!" "Nie!" entgegnete er feierlich. Sie drückte ihn fest an sich, ihre Brust wogte an seiner, ihr Gesicht lag feucht und glühend an seinem. "Du darfst mich nie verlassen!""Nie!" wiederholte er aus tiefstem Herzen und schlang die Arme um sie.

Sie legte sich wie getröstet wieder hin und hielt seine Hand; sie wurde ruhiger. Wenn die Anfälle kamen und er sich mit zärtlichen Worten über sie beugte, wirkte es besänftigend.

Er wagte nicht nach Hause zu gehen; er blieb die Nacht über da. Sie konnte nicht schlafen, und er mußte bei ihr sitzen bleiben.

Erst am nächsten Tage hatte sie sich klar gemacht, was nun geschehen solle. Sie wollte hinreisen, und er sollte mit. Das kam ihm höchst unerwartet. Aber weder er noch seine Schwester wagten, ihr zu widersprechen. Da gelang es der Schwester, sie auf andre Gedanken zu bringen. Sie sagte: "Ihr solltet Euch erst verheiraten." Marit sah sie an und sagte: "Ja, das ist richtig. Das sollten wir wahrhaftig tun!" Und nun beschäftigte sie das so stark, daß es sie von ihrem Schmerz ablenkte. Anders war nicht gefragt worden; aber das war auch nicht nötig.

Dann kam der erste Brief von Hans. Er hatte alles mit dem Begräbnis des Onkels geordnet und erzählte, in welcher Weise. Er erbot sich, das Geschäft und den Besitz des Onkels zu übernehmen.

Anders hatte zu seinem Bruder unbegrenztes Vertrauen; er nahm das Angebot an, und damit wurde die Reise überflüssig. Sobald Hans einen Überblick über den ganzen Nachlaß hatte, setzte er die Kaufsumme fest und fragte bei dem Bruder an, ob er sich mit diesem Betrage an Hansens Geschäft beteiligen wolle. Der Betrag, der in Bankguthaben und Aktien bestand, wurde sofort ausgezahlt. Schon diese Summe war groß genug, um nicht allein Anders schuldenfrei zu machen, sondern um auch Marit zu gestatten, nach Herzenslust herumzuwirtschaften und zu reformieren. Er wünschte, sie solle das ganze Erbe für sich behalten, aber darüber lachte sie. Er wurde also Kompagnon seines Bruders und war für norwegische Verhältnisse fortan ein recht wohlhabender Mann.

In ihrer Ehe ging nach einigen Monaten eine Veränderung mit Marit vor. Sie gab sich wunderlichen Einfällen hin; die Grenzen zwischen Traum und Wirklichkeit verwischten sich. Dabei wollte sie alles umgestalten, was unter ihrer Aufsicht stand, sowohl in ihrem Heim hier draußen, wie in dem Stadthause. Aus diesem Hause mußten die Mieter hinaus. Sie wollte es für sich allein haben.

Seine Zeit war ausgefüllt von all ihren Einfällen, besonders aber von ihr selbst. Seine Dankbarkeit fand nur kärgliche Worte, aber sie lag in seinen Augen, in seiner Höflichkeit, die an Umfang noch zugenommen hatte; vor allem aber lag sie in seiner sorglichen Achtsamkeit. Er hatte Angst, das wieder zu verlieren, was so unerwartet gekommen war; oder daß irgend etwas Schaden nehmen könne. Seiner bescheidenen Natur schien das Glück unverdient.

Sie schmiegte sich auch immer enger an ihn. Sie hatte eine Formel gefunden, die sie häufig wiederholte: "Du bist mein Vaterund mehr!" Und eine andere: "Du hast die herrlichsten Augen von der Welt, und die gehören mir." Mit der Zeit gab sie manches von dem auf, womit sie sich beschäftigte; statt dessen wollte sie ihm vorlesen. Von klein auf hatte sie ihrem Vater vorgelesen; das sollte wieder aufgenommen werden. Sie las ihm englisch-amerikanische Bücher vor, besonders Verse. Sie hatte die klangvolle Vortragsweise, in der englische Verse gesprochen werden müssen, und machte sie wahr durch ihre eigene glaubwürdige Art. Sie hatte eine weiche Stimme, die die Worte behutsam und still wie aus der Erinnerung heraus anfaßte.

Als die Zeit fortschritt, mußten sie beide täglich zusammen ins Treibhaus. Die Blumen darin waren ihr Vorboten dessen, was in ihr wuchs; sie wollte jeden Tag nach ihnen sehen. "Ob sie wohl darüber reden?"

Und dann eines Tages, als das erste Anzeichen da war, daß der Winter hier von der Küste weichen wollte, und sie gemeinsam oben am sonnigen Hang das erste Grün gepflückt hatten, da merkte sie, daß sie schwach wurde; jetzt kam ihre große Stunde. Ohne sonderliche Schmerzen vorher, ihre Hand in seiner, gebar sie eine Tochter. Die gerade hatte sie sich gewünscht. Aber es war ihr nicht bestimmt, das Kind aufzuziehen; denn drei Tage später war sie tot.

Die neue Marit

Der Arzt befürchtete lange, Krog würde auch sterben. Rein an Überanstrengung. In seiner langen Einsamkeit war er nicht daran gewöhnt gewesen, sich so hinzugeben oder so unendlich viel zu empfangen, wie ihm das Zusammenleben mit ihr gebracht hatte. Erst ihr Tod offenbarte, wie schwach er geworden war, wie wenig Widerstandskraft er noch hatte. Der schwache Rest brauchte Monate, um sich so weit zu erholen, daß er die Nähe anderer Menschen ertrug. Man erzählte ihm, das Kind sei zu seiner Schwester gebracht. Sie fragten ihn, ob er es sehen möchte. Fast unwillig wandte er sich ab. Das erste, was er ernstlich erwog, als er sich kräftiger fühlte, war, sich von dem Geschäft zu befreien. Er beriet sich darüber mit "Onkel Klaus", einem Verwandten, einem wunderlichen alten Junggesellen, der allgemein so genannt wurde. Durch seine Vermittlung wurde das Geschäft veräußert. Nicht aber das Haus, in dem es sich befand,das sollte in allen Teilen zur Erinnerung an sie unverändert bleiben.

Anders Krogs erster Gang war zur Kapelle und zum Grabe, und das griff ihn so an, daß er wieder krank wurde. Sobald er sich erholt hatte, gab er seine Absicht kund, auf Reisen zu gehen und fortzubleiben. Seine Schwester kam erschrocken zu ihm herüber; das sei doch wohl nicht wahr? "Du willst uns und das Kind doch nicht verlassen?""Ja, ich kann es in meinen eigenen Stuben nicht aushalten", antwortete er und brach in Tränen aus.Aber er müsse doch auf jeden Fall das Kind erst sehen?"Nein, nein! Das am allerwenigsten."

Er reiste ab, ohne es gesehen zu haben.

Aber natürlicherweise war es das Kind, das ihn wieder nach Hause zog. Als es drei Jahr alt war, wurde es photographiert,und diese Photographie ... solch einer Ähnlichkeit mit der Mutter, solchem kindlichen Liebreiz konnte er nicht widerstehen. Von Konstantinopel aus, wo er sich gerade aufhielt, schrieb er: "Jetzt habe ich bald drei Jahre gebraucht, um das, was ich in einem erlebt habe, noch einmal zu durchleben. Ich kann nicht sagen, daß ich es mir schon ganz zu eigen gemacht habe. Namentlich wird viel Neues hinzukommen, wenn ich die Stätten wiedersehe, wo wir zusammen waren. Aber soweit bin ich durch das tiefere Hineinleben dieser Jahre doch gekommen, daß ich diese Stätten nicht mehr scheue; im Gegenteil, ich sehne mich jetzt nach ihnen."

Die Begegnung mit der neuen Marit wurde ein Fest für ihn. Nicht sofort; denn zuerst hatte sie natürlich Angst vor dem fremden Mann mit den großen Augen. Aber es erhöhte seine Freude, wie sie vorsichtig, nach und nach ihm näher kam. Als sie schließlich auf seinen Knien saß mit den beiden neuen Puppen, einem Türken und einer Türkin, und ihm diese in die Nase steckte, damit er niesen sollte, weil die Tante das auch getan hatte, da sagte er mit Tränen in den Augen: "Ich habe nur eine Begegnung erlebt, die noch herrlicher war."

Sie siedelte also mit dem Kindermädchen in sein Haus über. Ihr erster gemeinschaftlicher Gang war zum Grabe der Mutter, auf das sie Blumen legen sollte. Das tat sie auch; aber sie wollte sie wiederhaben. Nichts half, was sie auch versuchten. Das Mädchen pflückte ihr schließlich andere; aber die wollte sie nicht; sie wollte ihre eignen. Sie mußten ihr also die Blumen lassen und die neuen aufs Grab legen. Er dachte: "Das ist nicht die Mutter."

Der Versuch wurde wiederholt. Jeden Tag sollte das Grab der Mutter mit Blumen geschmückt werden, und von ihr. Er teilte die Blumen in zwei Teile; die eine Hälfte trug er, die andere sie. Er wünschte, sie solle ihre hinlegen und seine wieder mit nach Hause nehmen. Aber es gelang nicht. Ja, schlimmer als das; denn als sie den Kirchhof verließen, bestand sie darauf, er sollte seine

Blumen auch wieder mit nach Hause nehmen. Und er mußte nachgeben. Am nächsten Tage versuchte er etwas anderes. Sie trug ihre Blumen zu der Mutter Grab, er aber gab ihr Zuckerwerk, damit sie die Blumen liegen lassen sollte. Wirklich, sie gab die Blumen gegen das Zuckerwerk ab, das sie in den Mund steckte. Aber als sie gingen, wollte sie die Blumen auch noch haben. Das verstimmte ihn.

Dann kam er auf den Einfall, die Mutter fröre, Marit müsse sie zudecken. Da meinte sie, Mutter solle doch heraufkommen, in ihr eigenes Bett. Er hatte ihr nämlich gesagt, das leere Bett neben seinem sei Mutters, und sie fragte beständig, ob Mutter nicht bald komme. Sie könne nicht kommen, sagte er; sie liege da draußen und fröre. Das führte schließlich zum Ziel. Sie breitete selbst die Blumen über die Grabstätte und ließ sie liegen. Auf dem Heimweg wiederholte sie mehrmals: "Jetzt friert Mutter nicht mehr."

Er überlegte, was sie unter Mutter verstehen mochte. Er wünschte, sie solle die Bilder ihrer Mutter kennen, übte aber vorher ihren Sinn an Bildern von Tieren und Gegenständen. Dann ging er zu Bildern von seiner Schwester und von sich selbst und von Personen über, die sie kannte. Als sie damit ziemlich vertraut war, kam das erste Bild der Mutter an die Reihe. Es machte keine Schwierigkeiten; sie durfte noch mehrere sehen und lernte sie schnell von anderen unterscheiden. Nach Tisch, als sie schlafen ging, wollte sie Mutter im Arm haben. Er verstand sie erst nicht, und sie wurde ungeduldig. Da brachte er ihr das erste Bild der Mutter; sie nahm es gleich in den Arm, deckte es zu und schlief ein. Aber erst als sie mit vier Jahren einmal in der Küche eine Mutter sich um ihr krankes Kind mühen sah, überzeugte er sich, daß sie wußte, was eine Mutter sei; denn sie sagte: "Warum kommt meine Mutter nicht und zieht mich an und aus?"

Mit der Zeit wurden Vater und Tochter sehr gute Freunde. Noch mehr Freude aber machte es ihm, als sie groß genug war, daß er ihr von Mutter erzählen konnte. Von Mutter, die übers Meer herüber zu Vater gekommen sei und Maritchen mitgebracht habe. Wo Vater und Mutter zusammengegangen waren, gingen sie nun beide; jeden Spazierweg. Er ruderte sie, wie Mutter ihn gerudert hatte; sie fuhren zusammen zur Stadt, wie sie beide getan hatten. Dort saß Marit auf den Stühlen, die Mutter gekauft, und auf denen sie gesessen hatte. Bei Tisch hatte sie Mutters Platz, bei den Blumen im Treibhaus und im Garten war sie die Mutter, und sie half, wie Mutter es getan hatte. Ein gar kluges, schönes Kind! Mit dem roten Haar und der schimmernd weißen Haut der Mutter, mit ihren großen Augen und denselben fein geschwungenen Brauen. Vermutlich würde sie auch ihre gebogene Nase bekommen. Die Hände mit den langen Fingern hatte sie nicht von der Mutter, auch die Gestalt nicht. Der Übergang vom Kopf zum Nacken mit der sanften Neigung stammte eher vom Vater. Die Schultern hatten nicht die schöne geschwungene Linie wie der Mutter Schultern, sondern waren mehr abfallend, und die Arme flossen sanfter daraus hervor. Es trieb ihn jeden Abend nach oben, zuzusehen, wenn sie ausgezogen wurde. Die Verschmelzung des männlichen und des weiblichen Typus der Krogs, die bisher so selten gewesen, die aber schon teilweise von der Mutter repräsentiert worden war, gab es hier in der Vollendung. Marit schoß hoch auf, ihre Augen waren groß und der Kopf fein geformt.

Er konnte sie nicht dazu bewegen, mit Kindern umzugehen; das langweilte sie. Sie gingen nicht schnell genug auf ihre Ideen ein, die freilich recht eigentümlich waren. Die Felder hier waren doch ein Zirkus; der Vater hatte ihr von Buffalo Bill erzählt. Indianer sprengten durch die Arena, sie selbst an der Spitze auf einem weißen Pferde. Die Hügel waren die Logen, die voll Menschen waren. Das konnten die anderen Kinder nicht sehen. Auch das Reisenspielen auf dem Tisch, das ihr Vater sie gelehrt hatte, verstanden sie nicht.

Als Siebenjährige nötigte sie ihren Vater, ihr ein Rad zu kaufen und sie fahren zu lehren; er selbst fuhr ausgezeichnet. Das war aber doch der Tropfen, der den Becher zum Überlaufen brachte und ihn bestimmte, sich nach Unterstützung umzusehen.

Er hatte in Paris eine entfernte Verwandte kennen gelernt, eine Frau Dawes; sie war in England verheiratet gewesen; als aber ihr einziges Kind starb, hatte sie sich scheiden lassen und lebte in Paris als Pensionsinhaberin. In dieser Pension hatte er sie täglich bewundert. Er war kaum je einem klügeren Menschen begegnet. Er fragte bei ihr an, ob sie zu ihm kommen, seinem Hause vorstehen und sein Kind erziehen wolle. Sie sagte ohne Zögern telegraphisch zu, und in weniger als einem Monat hatte sie alles verkauft, war abgereist und hatte sich in ihren neuen Wirkungskreis begeben. Ein Hüftleiden, das sie schon lange plagte, hatte sich verschlimmert, so daß ihr das Gehen schwer fiel. Aber von ihrem Rollstuhl aus, den sie mitgebracht hatte, und den ihre behäbige Person vollständig ausfüllte, leitete sie das ganze Haus, ihn selbst inbegriffen. Er war ganz erschrocken über ihre Tüchtigkeit. Sie kam selten aus ihrem Stuhl heraus, aber trotzdem wußte sie alles, was geschah. Wände hemmten ihren Blick nicht, eine Entfernung gab es nicht für sie. Größtenteils ließ sich das aus der Schärfe ihrer Sinne erklären, aus ihrer Fähigkeit, Worte und Zeichen zu deuten, in Mienen und Augen zu lesen, zu riechen und zu hören, Schlüsse zu ziehen aus dem, was sie wußte,und siebentens und letztens daraus, daß sie zu fragen verstand. Aber einiges war auch nicht zu erklären. Drohte einem, den sie lieb hatte, eine Gefahr, so fühlte sie das, wo sie auch war. Sie schrie aufin solchen Augenblicken sprach sie immer englischund war auf den Beinen und Feuer und Flamme. So zum Beispiel an dem denkwürdigen Tage, da Marit mit ihrem Rad in den Fluß gefallen war und durch Männer vom Dampfer aus aufgefischt wurde; denn unten an der Landungsbrücke, wohin sie gewollt hatte, war das Unglück geschehen. Da stießen sie und Frau Dawes aufeinander, die eine triefend von Nässe und heulend, die andere triefend von Schweiß und auch heulend.

Frau Dawes machte täglich ihre Runde durch das Haus und, wenn es nötig war, auch um das Haus herum. Weiter kam sie selten. Auf diesem Rundgang sah sie alles, auch das, was erst später geschah, versicherten die Mägde.

Sie hatte etwas Schwimmendes an sich. Sie schwamm beständig in Papier. Ihre Korrespondenz, die, wie Anders Krog behauptete, alle Personen umfaßte, die sie einmal in Pension gehabt hatte, setzte sie ununterbrochen fort. In allen Sprachen und über alle Dinge; denn ihre zweite Hauptbeschäftigung war: das, was sie lasund sie las bis tief in die Nacht hineinin ihre Korrespondenz hineinzubringen. Sie drehte sich nach dem Tisch mit dem Schreibpult um, sie wandte sich fort vom Tisch, um zu lesen. An der Stuhllehne war eine Lesepultmechanik angebracht, worauf das Buch lag; in der Hand hielt sie es selten. Sie zog Memoiren jeder andern Lektüre vor, und davon plauderte sie nachher in ihren Briefen. In zweiter Reihe kamen Kunstzeitschriften und Reiseliteratur. Sie hatte ein kleines Vermögen und kaufte sich alles, was ihr gefiel.

Das Kind unterrichtete sie nebenbei. In der Wohnstube an dem großen Tisch saßen sie, "Tante Eva" in ihrem Thronsessel, die Kleine ihr gegenüber. Immer aber, wenn es nötig war, mußte Marit an Tante Evas Pult kommen. Der Unterricht ging so leicht vonstatten, daß die Kleine oft vergaß, daß es Schule war. Ja, selbst der Vater, der seine Bibliothek dicht daneben hatte, vergaß es oft, wenn er hereinkam und das Gespräch oder die Erzählung mit anhörte.

War der Unterricht leicht, so waren andre Dinge sehr schwierig und führten zu Kämpfen. Das ganze Verhalten des Kindes wollte sie ändern, und da war ihr der Vater im Wege. Aber er wurde natürlich geschlagen, und noch ehe er ahnte, was Frau Dawes beabsichtigte. Marit sollte gehorchen lernen, sie sollte einen Begriff von bestimmter Zeiteinteilung, von Ordnung, von

Höflichkeit, von Takt bekommen. Sie sollte jeden Tag Klavier üben, sie sollte bei Tisch hübsch gerade sitzen und sich die Hände unzählige Male am Tage waschen; sie sollte immer sagen, wohin sie gehe. Und nichts von all dem wollte sie. Eigentlich auch der Vater nicht.

Frau Dawes hatte einen einzigen festen Punkt, von dem sie ausgehen konnte. Das war der unerschütterliche Glaube des Kindes an die Vollkommenheit seiner Mutter. Frau Dawes wußte sie davon zu überzeugen, daß die Mutter nie später als um acht Uhr schlafen gegangen sei. Sie habe immer vorher ihre Kleider ordentlich auf einen Stuhl gelegt und ihre Schuhe vor die Tür gestellt.

Von dem, was die Mutter getan und bis zur Vollkommenheit getan hatte, ging sie zu dem über, was die Mutter getan hätte, wenn sie an Marits Stelle gewesen wäre; und vor allem, was sie *nicht* getan hätte, wenn sie Marit wäre. Das war schwieriger. So als Frau Dawes versicherte, die Mutter sei immer nur so weit geradelt, wie man sie sehen konnte. "Woher weißt Du das?" fragte Marit."Ich weiß es daher, daß Dein Vater und Deine Mutter nie voneinander getrennt waren.""Das ist wahr, Marit", fiel der Vater ein, froh, daß er auch einmal zu dem ja sagen konnte, was Frau Dawes einfiel; denn das meiste war doch durchaus nicht wahr.

Je weiter der Unterricht fortschritt, desto mehr Freude machte es Frau Dawes selbst, und desto größeren Einfluß gewann sie auf das Kind. Sie machte es sich zur Aufgabe, das Traumleben Marits auszuroden, das ein Erbteil der Mutter war und in üppiger Blüte stand, solange der Vater zuhörte und seinen Spaß daran hatte.

Einmal im Frühjahr kam Marit schnell herein und erzählte ihrem Vater, in dem alten Baum zwischen den Gräbern der Mutter und der Großmutter sei ein kleines Nest und in dem Nest seien ganz, ganz kleine Eier. "Das ist ein Gruß von Mutter, nicht?" Er nickte und ging mit ihr, um es zu besehen. Als sie aber näher kamen, flog der Vogel auf und piepte jämmerlich. "Mutter sagt, wir sollen nicht näher heran?" fragte sie ihren Vater.Er bejahte es. "Dann würden wir Mutter stören?" fragte sie weiter. Er nickte.Sie gingen seelenvergnügt wieder nach Hause und sprachen den ganzen Weg von Mutter. Als Marit Frau Dawes hiervon erzählte, sagte sie: "Das sagt Dein Vater nur, um Dich nicht zu betrüben, Kind. Könnte Deine Mutter Dir eine Botschaft senden, so käme sie selbst."Die Revolution, die diese wenigen grausamen Worte anrichteten, war nicht abzusehen. Sie veränderten auch das Verhältnis zum Vater.

Die Schule ging ihren regelrechten Gang, die Erziehung auch, bis Marit nahezu dreizehn Jahr alt war, lang und dünn und großäugig mit üppigem, rotem Haar und weißer, zarter Haut ohne Sommersprossen, was Frau Dawes' besonderer Stolz war.

Da kam der Vater eines Tages aus der Bibliothek herein und unterbrach den Unterricht. Das war in den ganzen Jahren nicht ein einzigesmal geschehen. Marit bekam frei; Frau Dawes ging mit dem Vater in die Bibliothek. "Bitte lesen Sie diesen Brief!"

Sie las und erfuhr,wovon sie nicht die leiseste Ahnung gehabt hatte,daß der Mann, der vor ihr stand und ihr Gesicht während des Lesens beobachtete, ein Millionär war, kein Kronen-, nein, ein Dollarmillionär. Er hatte seit dem Tode des Onkels nach der ersten vorläufigen Ausbezahlung der Bankguthaben und Aktien als Kompagnon des Bruders nichts wieder abgehoben,und dies war das Resultat.

"Ich gratuliere Ihnen", sagte Frau Dawes und faßte seine rechte Hand mit ihren beiden. Ihr standen die Tränen in den Augen. "Ich verstehe Sie, lieber Krog; Sie wünschen, daß wir jetzt auf Reisen gehen?" Er sah sie mit seinen leuchtenden Augen lachend an. "Haben Sie etwas dagegen,

Frau Dawes?""Durchaus nicht, wenn wir die nötige Bedienung mitnehmen; ich bin ja einmal so schlecht zu Fuß.""Das sollen Sie haben, und überall halten wir uns einen Wagen. Der Unterricht kann fortgesetzt werden, nicht wahr?""Ob er kann! Nur um so besser!" Sie lachte und weinte zugleich, und sie sagte selbst, so glücklich sei sie noch nie gewesen.

Vierzehn Tage später hatten die drei mit einem Diener und einem Mädchen Krogskog verlassen.

Der Thronwechsel

So gingen zweieinhalb Jahre hin, in denen der Vater einige Male in Norwegen war, aber die anderen nicht. Dann dachten sie ernstlich daran, einen Sommer in Krogskog zu verbringen. Aus diesem Grunde standen sie alle drei in einem Konfektionsgeschäft in Wien. Frau Dawes und Marit sollten neue Kleider haben, besonders Marit, die aus ihren herausgewachsen war. Es war in den ersten Tagen des Mai, und es handelte sich um Sommerkleider.

"Dein Vater und ich, wir finden beide, Du mußt jetzt lange Kleider haben. Du bist schon so groß." Marit blickte zu ihrem Vater hin, aber die Stoffe, die vor ihnen ausgebreitet lagen, hielten seinen Blick fest. Frau Dawes sprach statt seiner. "Dein Vater hat oft gesagt, wenn Du mit ihm gehst, sehen die Herren Dir so nach den Beinen."Der Vater wurde unruhig; selbst das Fräulein hinter dem Ladentisch merkte, daß ein Gewitter in der Luft lag. Sie verstand die Sprache nicht, aber sie sah die drei Gesichter. Schließlich hörte der Vater Marit mit einer fremden, aber freundlichen Stimme antworten: "Soll ich jetzt lange Kleider haben, weil Mutter, als sie in meinem Alter war, auch welche trug?"Frau Dawes sah erschrocken Anders Krog an; er aber wandte sich ab. Dann wieder Marit: "Tante Eva, Du warst doch natürlich mit Mutter zusammen, als sie damals lange Kleider bekam? Oder Vater vielleicht?"

Dann wurde nicht mehr von langen Kleidern gesprochen. Es wurde überhaupt nicht mehr gesprochen. Sie gingen fort.

Weiter geschah nichts. Es ergab sich von selbst, daß sie am nächsten Tage, statt zum Unterricht zu kommen, mit dem Vater ausfuhr, um die Sache mit den Kleidern zu ordnen. Des weiteren, daß sie sich von dort in die Museen begaben. Sie setzten diese täglichen Ausfahrten bis zur Abreise fort. Mit dem Unterricht war es vorbei. Als sei nichts vorgefallen, gingen sie jeden Abend zu Dreien ins Konzert oder in die Oper oder ins Schauspiel. Sie wollten die Zeit, die ihnen noch blieb, ausnutzen.

In den ersten Tagen des Juni waren sie in Kopenhagen. Hier erwartete sie ein Brief von Onkel Klaus. Jörgen Thiis, sein Pflegesohn, sei Leutnant geworden; Klaus wolle draußen in seinem Landhause einen Frühlingsball geben, aber er warte damit, bis sie heimkämen. Wann sie kämen?

Darauf freute sich Marit sehr. Den schönen, schlanken Jörgen kannte sie. Er war der Sohn des Bezirksamtmanns, seine Mutter war Klaus Krogs Schwester.

Also mußte jetzt ein Ballkleid komponiert werden; die Erwägungen waren sehr kurz, keiner sagte vorläufig ein Wort. Das Spannende der Sache, ob dieses Kleid wohl lang sein werde, verschloß jeder in seiner Brust. Als der große Augenblick des Maßnehmens kam, fragte die Dame, die es tat: "Das gnädige Fräulein soll doch ein langes Kleid haben?" Marit sah zu Frau Dawes hin, die rot wurde. Was aber schlimmer war: die Dame selbst wurde auch rot. Sie nahm eilig nach dem kurzen Kleide Maß, das Marit anhatte.

Am zwanzigsten Juni fand also der Ball statt. Ein schwüler Tag ohne Sonne. Die Gäste standen im Garten vor dem großen Landhause, als das Boot anlegte, mit dem Marit und ihr Vater kamen; sie waren die letzten. Sie stieg allein aus. Der alte Klaus stapfte lang und dürr und mit ungeheuer weiten Beinkleidern zu ihr hinunter, ohne Hut mit blanker Glatze und feuchtglänzendem Gesicht. Er hielt sie durch eine Handbewegung zurück, während er zu Anders Krog im Boot hinuntersah: "Willst Du nicht heraufkommen?""Nein, nein! Tausend Dank!" Das Boot stieß ab. Jetzt erst sah er Marit an, die Frau Dawes in ihrem langen Brief als die größte Schönheit beschrieben hatte, die sie je gesehen. Er starrte sie an, verbeugte sich und kam näher; er roch nach Tabak und schmunzelte mit seinem großen, weit offnen, unappetitlichen Munde. Bot ihr dann seinen Arm. Sie aber in ihrem langen ärmellosen Mantel tat, als bemerkte sie es nicht. Er stutzte, folgte ihr aber zu den andern. Und dann sagte er: "Hier bringe ich die Ballkönigin." Das verletzte sie und verletzte alle, so daß der Anfang nicht vielversprechend war. Jörgen, der Held des Abends, drängte sich vor, um sich zu erbieten, ihr Hut und Mantel abzunehmen. Sie aber grüßte obenhin und ging weiter. Es lag Stil darin. Unter den Zurückbleibenden entstand sofort ein Geflüster. Die Art, wie sie vorüberging, ihr Gesicht, ihre Haltung, ihr Gang, die blendend schöne Haut, die leuchtenden Augen, die Wölbung darüber, die feingeformte Nase ... das war alles aus einem Guß und alles vollendet. Jörgen Thiis war hin. Er selbst war ein großer, schlanker Mensch vom Krogschen Typ; nur die Augen waren ganz anders. Jetzt hingen sie wie festgenagelt an der Tür, hinter der sie verschwunden war. Er wartete auf der Treppe.

Und wie sie wieder heraus und auf ihn zukam, um an seinem Arm zu den andern hinunter zu gehen,in einem kurzen Kleide aus lichtem, wasserblauem Krepp mit durchbrochnen seidenen Strümpfen von derselben Farbe und in Silberbrokatschuhen mit antiken Schnallen, war sie ein Bild. Die Bewunderung war einstimmig. Es wurde von nichts anderem gesprochen, bis man zu Tisch ging. Auch da hörte es noch nicht auf; es gab Gesprächsstoff für die ganze Stadt. Daß ein so klassisch geschnittenes Gesicht mit so leuchtenden Augen in dem weißen, weißen Teint obendrein noch in einem Glorienschein von rotem Haar stand! Das Ganze war harmonisch zu der hohen Gestalt mit den leicht abfallenden Schultern und einer Büste, die noch nicht voll entfaltet, aber von einer Freiheit und Unabhängigkeit war, als könne sie losgelöst werden. Die Arme, die Handgelenke, die Hüftbildung, die Füße ... es wurde beinahe komisch; denn einige junge Herren stellten mit dem größten Eifer die Behauptung auf, die Knöchel seien das Allerschönste. Sie hätten nicht ihresgleichen. So dünn,und mit dieser schwellenden Rundung nach oben? Nein, nirgends!

Jörgen Thiis vergaß das Reden, ja sogar eine Zeitlang das Essen, das ihm sonst doch das Schönste auf der Welt war. Er ging wie ein Schlafwandler mit ihr. Wenn man sie sah, war er an ihrer Seite oder hinter ihr her.

Wegen des Balles hatten sich ihr Vater und Frau Dawes nach dem Hause in der Stadt begeben. Sie wurden beim Morgengrauen geweckt von lautem Schwatzen und Lachen vor dem Hause und schließlich gar männlichen und weiblichen Hurrarufen; die Ballgäste hatten Marit nach Hause begleitet.

Am ändern Tage bekamen die Alten Besuch von Verwandten und Freunden. Die älteren Leute, die auf dem Ball gewesen waren, erklärten Marit für die Schönste, die sie seit Menschengedenken gesehen hätten. Der alte Klaus war abends um neun noch in die Stadt gerudert und zu einigen Freunden gepilgert, bloß weil sie kommen und sehen sollten.

Am Nachmittag präsentierte sich Jörgen in Uniform und mit neuen Handschuhen. Er wollte sich erlauben, nach dem Befinden des gnädigen Fräuleins zu fragen. Das gnädige Fräulein habe noch nichts von sich hören lassen.

Als sie schließlich kam, war sie von etwas ganz andrem erfüllt als von dem gestrigen Tage. Das merkte Frau Dawes sofort. Auch erzählte die Ballkönigin nicht das geringste von dem Balle. Sie beschränkte sich darauf, zu fragen, ob sie aufgeweckt worden seien. Dann aß sie. Als sie fertig war und wieder hereinkam, erzählte ihr Vater, Jörgen sei dagewesen, um zu fragen, wie es ihr gehe. Marit lächelte. Frau Dawes: "Findest Du Jörgen nicht nett?""Doch.""Worüber lächelst Du denn?""Er hat so viel gegessen."Jetzt fiel der Vater lachend ein: "Das macht sein Vater, der Amtmann, auch so! Und regelmäßig sucht er sich die besten Stücke aus.""Freilich."

Frau Dawes saß und wartete auf das, was jetzt kommen würde; denn es kam etwas. Marit ging hinaus; nach einer Weile erschien sie mit Hut und Sonnenschirm wieder. "Willst Du ausgehen?" fragte Frau Dawes. Marit stand da und zog sich die Handschuhe an. "Ich gehe aus und bestelle mir Visitenkarten.""Hast Du keine Visitenkarten?""Doch; aber die alten gefallen mir nicht mehr.""Warum nicht?" fragte Frau Dawes sehr verwundert; "Du hast sie doch damals in Italien so hübsch gefunden?""Ja;aber der Name gefällt mir nicht mehr, meine ich.""Der Name?" Beide blickten auf. Marit: "Es ist gerade, als wenn er gar nicht mehr zu mir gehört,meine ich.""Marit gefällt Dir nicht?" fragte Frau Dawes. Der Vater warf leise hin: "Es war der Name Deiner Mutter." Sie antwortete nicht gleich; sie fühlte die entsetzten Augen des Vaters."Wie möchtest Du denn heißen, Kind?" Das war wieder Frau Dawes, die sprach. "Mary.""Mary?""Ja. Das paßt besser,meine ich." Die stumme Verwunderung der andern bedrückte sie augenscheinlich. Sie sagte: "Wir wollen ja jetzt doch nach Amerika. Da sagt man Mary.""Aber Du bist Marit getauft", sagte ihr Vater schließlich zaghaft."Was schadet das?"Frau Dawes: "Es steht in Deinem Taufschein, Kind; es ist Dein Name.""Ja, in den Urkunden steht es vielleicht, aber nicht in mir." Die beiden andern starrten sie an.

"Es tut Deinem Vater weh, Kind.""Vater kann mich ja ruhig weiter Marit nennen."Frau Dawes blickte sie traurig an, sagte aber nichts weiter. Marit war mit ihren Handschuhen fertig. "In Amerika werde ich Mary genannt. Das weiß ich. Hier habe ich eine Probekarte. Es macht sich doch gut?" Sie holte eine ganz kleine Karte aus der Tasche. Frau Dawes besah sie und reichte sie Anders Krog hin. Mit feiner Schrift stand auf feinem Papier: "Mary Krog."

Der Vater schaute lange, schaute immer wieder auf die Karte. Legte sie dann auf den Tisch, nahm seine Zeitung und tat, als lese er.

"Es tut mir leid, Vater, daß Du es so auffaßt."Anders Krog wiederholte leise, ohne von der Zeitung aufzusehen: "Marit ist der Name Deiner Mutter.""Ich habe Mutters Namen auch lieb.Er paßt aber nicht für mich."

Damit ging sie leise hinaus. Frau Dawes, die am Fenster saß, blickte ihr die Straße entlang nach. Anders Krog legte die Zeitung hin; er konnte nicht lesen. Frau Dawes versuchte, ihn zu trösten. "Es ist was Wahres dran", sagte sie. "Marit paßt nicht mehr für sie."

"Der Name ihrer Mutter", wiederholte Anders Krog, und die Tränen liefen ihm über das Gesicht.

Drei Jahre später

Drei Jahre später fuhr Mary nach langem Regen an einem schönen Frühlingstage mit einer Verwandten, Alice Clerq, in Paris die Avenue du Bois de Boulogne hinunter auf das vergoldete Parktor zu. Sie hatten sich in Amerika kennen gelernt und sich hier in Paris im vorigen Jahre wiedergetroffen. Alice Clerq wohnte jetzt mit ihrem Vater in Paris. Der alte Clerq war früher der bedeutendste Kunsthändler von New York gewesen und hatte eine Norwegerin aus der Familie Krog geheiratet. Nach dem Tode seiner Frau verkaufte er sein riesiges Geschäft. Die Tochter war mit der Kunst aufgewachsen und hatte eine gründliche Ausbildung darin genossen. Sie hatte die Museen der ganzen Welt gesehen, hatte ihren Vater sogar bis nach Japan geschleppt. Ihr Hôtel in den Champs Elysées war voll von Kunstgegenständen. Dort hatte sie auch ihr Atelier; sie war nämlich Bildhauerin. Alice war nicht mehr jung, eine kräftige, rundliche Person, gutmütig und lustig.

Dies Jahr kam Anders Krog mit seiner Begleitung aus Spanien. Die beiden Freundinnen sprachen gerade über ein Bild Marys, das aus Spanien an Alice geschickt war und nach Norwegen weiter wanderte. Alice behauptete, der Künstler habe es offenbar auf eine Ähnlichkeit mit Donatellos "Heiliger Cäcilie" abgesehen. Durch die Stellung des Kopfes, die Form der Augen, die Linie des Halses und den halb geöffneten Mund. Aber so interessant dieser Versuch sein möge, für die Ähnlichkeit sei er von Schaden. Zum Beispiel sei es ein Verlust für das Bild, daß die Augen nicht zu sehen seien; die habe sie ja niedergeschlagen wie bei Donatello. Mary lachte. Gerade um diese Ähnlichkeit herauszubekommen, habe sie ihm gesessen.

Nun erzählte Alice von einem norwegischen Genieoffizier, den sie kennen gelernt habe, als sie mit seiner Mutter im Sommer in Norwegen gewesen sei. Er habe das Bild bei ihr gesehen und sich ganz in dieses Porträt verliebt."So", sagte Mary wie abwesend."Es ist kein gewöhnlicher Mensch, kannst Du glauben, und auch kein gewöhnliches Verliebtsein." "Nanu?""Ich bereite Dich vor. Er kommt natürlich bei mir mit Dir zusammen.""Ist das nötig?""Sehr. Denn sonst muß ich es ausbaden." "Ist er denn gefährlich?" Alice lachte: "Mir wenigstens.""Sieh einer an! Ja, das ist etwas anderes.""Jetzt verstehst Du mich falsch. Warte, bis Du ihn siehst.""Ist er so schön?"Alice lachte: "Nein, er ist geradezu häßlich!Na, warte nur ab."Sie fuhren weiter, das Gedränge wurde größer; es war einer der Haupttage."Wie heißt er?" "Franz Röy.""Röy? So heißt unsere Ärztin auch. Fräulein Röy." "Ja, das ist seine Schwester; er spricht oft von ihr.""Sie hat eine herrliche Figur."Da richtete Alice sich auf: "Und er? Wenn ich mit ihm über die Straße gehe, drehen die Leute sich um, weil sie ihn noch einmal sehen wollen. Ein richtiger Riese! Aber keiner von den fettgepolsterten. Nein, sehr groß und geschmeidig." "Also gut trainiert?""Riesig. Auf nichts ist er so stolz wie auf seine Kraft, und nichts zeigt er so gern!""Ist er denn dumm?""Dumm? Franz Röy?" Sie lehnte sich wieder zurück, und Mary fragte nicht weiter.

Sie kamen spät draußen an; endlose Wagenreihen zogen an ihnen vorbei heimwärts aus dem Bois. Die drei breiten Fahrwege der Avenue waren gedrängt voll. Je näher sie dem eisernen Tor kamen, wo die Wege zusammenliefen, desto dichter wurden die Wagenreihen. Diese Zurschaustellung von hellen und bunten Frühjahrstoiletten an dem ersten sonnigen Tage nach dem Regen war ein einzigartiges Schauspiel. Zwischen den neubelaubten Bäumen wirkten die Wagen wie gefüllte Blumenkörbe im Grün, einer hinter dem andern, einer neben dem andern, ohne Anfang und ohne Ende.

Am Tor kamen sie in die Nähe der wogenden Menge von Fußgängern. Aber kaum waren sie mitten drin, als sich von rechts nach links hinüber eine unruhige Bewegung fortpflanzte. Dort rechts mußten die Leute etwas sehen, was von hier aus nicht zu sehen war. Einige schrien und zeigten nach den Seen hinüber, die Wagen fuhren auf Kommando zur Seite oder in die Querwege hinein, die Bewegung wuchs, bald war sie allgemein. Schutzleute und Parkwächter rannten hin und her, die Wagen stauten sich so dicht, daß keiner mehr vom Fleck kam. Ein breiter Mittelgang war bald weit hinunter frei. Alle spähten und fragten,da kam es! Ein paar durchgegangene Pferde mit einem großen Wagen. Auf dem Bock sah man den Kutscher und den Groom. Es mußte sich ein Kampf abgespielt haben, so daß man Zeit bekam, den Weg frei zu machen, oder die Pferde mußten in sehr großer Entfernung scheu geworden sein. Hier, diesseits des Tores, waren alle Gefährte aus dem Mittelweg verschwunden; Alices Wagen stand beinahe zu äußerst am linken Fußweg. Hinter sich hörten sie Geschrei; vermutlich wurde die ganze Avenue freigemacht. Aber niemand blickt dahin, alles sieht nach vorn. Ein stattliches Gespann kommt in rasender Fahrt auf sie zu. Von Neugier getrieben, wogen zu beiden Seiten die Massen vor und zurück. Ängstliche Menschen draußen vor dem Tor riefen: "Schließt das Tor!"Ein rasender Protest, ein tausendstimmiger Hohn von drinnen antwortete ihnen. Alle Wageninsassen hatten sich erhoben, manche standen auf den Sitzen. Auch Alice und Mary. Es machte den Eindruck, als werde die Fahrt toller, je näher die Tiere kamen. Kutscher und Groom rissen aus Leibeskräften an den Zügeln; aber das stachelte die Tiere nur an. Ein Mann im Zylinder beugte den Oberkörper aus dem Wagen, vermutlich um festzustellen, wo er sich den Hals brechen werde. Ein paar Hunde liefen mit eifrigem Protest hinterher, hier oben lockten sie noch mehrere andere auf die Bahn hinaus, die sich aber nicht weit vorwagten. Die zwei oder drei, die es taten, prallten gegeneinander, daß einer sich überstürzte und überfahren wurde, der Wagen machte einen Satz, der Hund heulte auf,seine Kameraden hielten eine Weile inne.

Da löst sich ein Mann aus den Massen am eisernen Portal und tritt mitten auf den Weg. Man schrie, man schwang Stöcke und Regenschirme und drohte ihm. Ein paar Schutzleute wagten sich einige Schritte hinter ihm her und winkten und riefen; das gleiche tat diesseits ein Parkwächter, lief aber in Todesangst wieder zurück. Statt auf die Rufe und Drohungen zu achten, nahm der Mann die Pferde aufs Korn, trat nach links, dann nach rechts, dann wieder nach links... offenbar um sich ihnen entgegenzuwerfen.

Sowie die Menge das erfaßt hatte, wurde sie still, ja, es wurde so still, daß man die Vögel in den Bäumen singen hören konnte, hören auch das ferne, dumpfe Getöse der nimmer stillen Riesenstadt, das vom Winde herübergetragen wurde. Es gab dem Vogelgezwitscher einen einförmigen Unterton. Merkwürdig, daß die Pferde genau so gespannt dastanden wie die Menschen; sie rührten keinen Fuß. Nur die Hunde waren wieder in Bewegung.

Nun hatte der wilde Zug den Mann mitten auf der Straße erreicht. Er drehte sich pfeilschnell nach derselben Seite wie die Pferde, lief neben ihnen her und warf sich dann dem nächsten in die Flanke ...

"Das ist er!" rief Alice mit leichenblassem Gesicht und packte Mary so krampfhaft, daß sie beide ins Stolpern kamen. Schrill und wild kreischten weibliche Stimmen auf. Ein dumpfes Gebrüll von Männerstimmen folgte. Jetzt hing er an dem einen Pferde. Alice schloß die Augen, Mary wandte sich ab. Lief er mit oder wurde er geschleift? Sie anhalten konnte er nicht.

Wieder einige Sekunden lang eine fürchterliche Stille, nur die Hunde und die Hufe der Pferde hörte man. Dann ein kurzer Aufschrei und dann tausende, und dann Jubel, wilder, endloser Jubel. Wehende Taschentücher, Hüte und Sonnenschirme. Die Menge strömte zu beiden Seiten wie eine Sturmflut wieder in die Avenue hinein. Hier oben war die Straße in einem Augenblick gedrängt voll. Die rasenden Tiere standen schaumbedeckt und zitternd dicht bei Alices Wagen. Sie sah einen grauen Engländer, einen schlanken alten Herrn mit weißem Bart und im Zylinder, und sie sah eine junge schlanke Dame an seinem Arm hängen und hörte den Alten sagen: "Well done, young man!"

Ein schallendes Gelächter folgte. Und jetzt erst sah sie ihn, dem die Worte gegolten hatten, wie er die Pferde bei den Nüstern gepackt hatte, ohne Hut, mit aufgerissener Weste und blutenden Händen, jetzt aber das schweißbedeckte, aufgeregte Gesicht lustig dem Engländer zuwandte. Gerade im selben Augenblick gewahrte er Alice. Sie stand ja noch immer auf dem Sitz ihres Wagens. Ohne Zögern ließ er Pferde und Wagen mitsamt dem Engländer stehen und bahnte sich den Weg zu ihr: "Verehrteste, bringen Sie mich fort aus diesem Wirrwarr!" sagte er laut in seiner breiten ostländischen Mundart. Ehe sie antworten, ja noch ehe sie vom Sitz herunterkommen, geschweige ehe der Groom sich vom Bock herabschwingen konnte, hatte er die Wagentür geöffnet und war bei ihnen im Wagen. Er half erst Alice von der Bank herunter, dann ihrer Freundin. Darauf sagte er auf französisch zum Kutscher: "Fahren Sie mich nach Hause, so schnell Sie loskommen können. Sie wissen die Adresse wohl.""Ja, Herr Hauptmann", antwortete der Kutscher mit ehrerbietigem Gruß und bewundernden Blicken. Als Franz Röy sich hinsetzen wollte, verzog er das Gesicht und rief, indem er sich an den Fuß faßte: "Au, Donnerwetter, das Ekel hat mich getreten. Jetzt merke ich es erst." In diesem Augenblick begegnete er Marys großen, verwunderten Augen; er hatte sie bisher nicht angesehen, nicht einmal, als er ihr vom Sitz heruntergeholfen hatte. Die Veränderung in seinem Gesichtsausdruck war so gewaltig und so überwältigend komisch, daß die beiden Damen in lautes Lachen ausbrachen. Er faßte mit der blutigen Hand an seinen Hutund merkte, daß er keinen aufhatte. Da lachte er auch.

Der Kutscher hatte inzwischen den Wagen ein paar Meter vorwärts bugsiert, nun versuchte er zu wenden.

"Ja, ich brauche wohl nicht erst zu sagen, wer das ist?" lachte Alice. "Nein!" sagte er und starrte Mary an, daß sie rot wurde.

"Aber, mein Gott, wie konnten Sie das wagen!"Alices Stimme war's."Ach, das ist nicht so gefährlich, wie es aussieht", antwortete er, ohne ein Auge von Mary zu wenden. "Es ist bloß ein Kniff. Ich habe es schon vorher zweimal gemacht." Er sprach nur zu Mary. "Diesmal sah ich gleich, daß bloß das eine Pferd den Verstand verloren hatte; das andere wurde nur mitgerissen. Ja, da nahm ich mir also das tolle vor. Pfui Teufel, wie sehe ich aus!" Jetzt erst entdeckte er, daß seine Weste zerrissen, daß seine Uhr weg war, und daß seine blutende Hand ihn beschmutzte. Mary bot ihm ihr Taschentuch an. Er blickte auf das feine, gestickte Gewebe und dann auf sie: "Nein, gnädiges Fräulein, das wäre, als wollte man Baumrinde mit Seide flicken."

Gleich draußen vor dem Tor an der rechten Seite wohnte er, also war es keine Entfernung. Mit herzlichem Dank, ohne die blutige Hand darzubieten, stieg er aus.

Als er schlank und riesig über den Fußweg von dannen hinkte und der Wagen wendete, sagte Alice leise auf englisch: "Wer so ein Modell haben könnte, Mary!"Mary sah sie verwundert an: "Ja, läßt sich denn das nicht machen?"Alice gab Mary den Blick noch verwunderter zurück: "Nackt meine ich." Mary machte beinahe einen Luftsprung, beugte sich dann nach vorn und sah Alice gerade ins Gesicht. Alice begegnete ihren Augen mit einem schelmischen Lachen.

Mary lehnte sich zurück und starrte vor sich hin.

Franz Röy mußte sich wegen seines Fußes einige Tage Schonung auferlegen. Als er sich wieder bei Alice meldete, wurde verabredetermaßen Mary benachrichtigt. Aber es überkam sie eine solche Unruhe, daß sie sich nicht hinzugehen getraute. Beim nächsten Mal trieb die Neugier, oder was es sonst war, sie hin. Aber sie kam sehr spät, und kaum stand sie ihm gegenüber, da wünschte sie, sie wäre nie gekommen. Er hatte etwas so Intensives, daß die vornehme Dame es als Aufdringlichkeit, ja fast als Beleidigung empfand. Ihr Wesen war in Aufruhr, sie folgte ihm mit den Augen, mit den Ohren; die Gedanken sausten in ihr und das Blut auch. Es muß doch mal vorübergehen, dachte sie. Aber das war nicht der Fall. Alices Verzauberung oder richtiger ihre Verliebtheit erhöhte das Schwindelgefühl. War er eigentlich so häßlich? Diese breite, steile Stirn, diese kleinen, sprühenden Augen, der zusammengekniffene Mund, das vorspringende Kinn, das hatte alles in allem etwas ungewöhnlich Kraftvolles, aber es wurde spaßhaft, weil er beinahe gar keine Nase hatte. Spaßhaft war auch das meiste, was er sagte. So immer aufgelegt und lustig, daß um ihn her beständig Heiterkeit war, so unerschöpflich voller Einfälle. Seine Manieren hatten nichts Gewaltsames; er war im Gegenteil die Höflichkeit selbst; er war aufmerksam, zuweilen sogar galant. Es lag nur an dem Überwältigenden in ihm. Seine Sprache und seine Augen allein waren wie ein Gewitter. Aber auch seine Gestalt tat das ihre, diese kraftvolle Hand, dieser massige Fuß, der fast nur Spann war, diese Schultern, der Nacken, der Brustkasten, das alles sprach mit, wirkte erdrückend, demonstrierte. Man kam keinen Augenblick davon los. Und seine Rede floß unaufhaltsam.

Mary kannte nur die Unterhaltungsform der internationalen Gesellschaft. Eine leichte Konversation über Wind und Wetter, über die Tagesereignisse, über Literatur und Kunst, über Zufälligkeiten auf Reisen und beim Aufenthalt, das ganze immer mit anderthalb Ellen Abstand. Er dagegen war ganz individuell und nahebei. Dabei fühlte sie, daß sie selbst auf ihn wirkte wie Wein. Er wurde immer berauschter und immer übermütiger. Das regte auf und machte unruhig. Sobald sie anstandshalber fort konnte, verschwand sie, benommen, verwirrt und eigentlich in einer wilden Flucht. Sie gab sich selbst das feierliche Versprechen, nie wiederzukommen.

Erst später am Tage ging sie zu ihrem Vater und zu Frau Dawes hinein. Sie erwähnte kein Wort von ihrer Begegnung. Das hatte sie das vorige Mal auch nicht getan. Frau Dawes sagte, sie solle sich einmal die Karte ansehen, die auf dem Tisch liege."Jörgen Thiis? Ist denn der hier?""Er ist den ganzen Winter hier gewesen. Jetzt hat er erst erfahren, daß wir angekommen sind.""Er bat um Grüße an Dich", warf der Vater ein, der wie gewöhnlich saß und las.

Es war wirklich eine Erholung, an Jörgen Thiis zu denken. Im vorigen Winter war sie verschiedentlich mit ihm hier in Paris zusammengewesen. Bei mehreren Gelegenheiten war er ihr Kavalier, so zum Beispiel bei den offiziellen Bällen im Elysée und im Hôtel de Ville. Ein Kavalier, mit dem sie in allen Stücken Ehre einlegte. Hübsch, elegant, zuvorkommend. Der Vater erzählte, Jörgen wolle zur Diplomatie übergehen. "Dazu gehört doch wohl Kapital?" sagte Mary. "Er wird Onkel Klaus beerben", antwortete Frau Dawes. "Weißt Du das bestimmt?""Bestimmt nicht.""Ist es denn wahr, daß Onkel Klaus in letzter Zeit mehrfach Verluste gehabt hat?" Frau Dawes schwieg. Der Vater antwortete: "Das kann schon sein.""Ja, unterstützt er ihn denn?" Keiner antwortete. "Dann kann ich nicht finden, daß Jörgens Aussichten so glänzend sind", sagte sie abschließend.

Franz Röy war im Auftrage der Regierung in Paris und war infolgedessen oft abwesend. Das war gerade jetzt der Fall, so daß Mary sich sicher fühlte. Aber als sie eines Morgens früh zu Alice kam,sie wollten zusammen in die Stadt,saß er da! Er sprang auf und eilte ihr entgegen. Seine Augen überschütteten sie mit Bewunderung und Freude, er nahm ihre Hand in seine beiden Hände. Etwas strahlend Glücklicheres hatte sie nie gesehen. Mary fühlte, wie sie rot wurde. Alice lachte, was die Sache noch schlimmer machte. Aber seine Redseligkeit, die heute selbst für seine Verhältnisse außergewöhnlich war, half ihnen darüber weg. Jetzt stürzte er sich in eine kolossale Fabrik hinein, von der er direkt herkam, und riß sie mit. Die halbnackten Männer mit ihren Haken an dem Strom des siedenden, rotglühenden, wallenden Eisenerzes,die Gewalt der Maschinen und die Menschen dazwischen wie vorsichtige Ameisen in einem Wald von Riesen. Er versuchte ihnen das auch in den Einzelheiten zu erklären. Es gelang völlig; aber es dauerte lange und hielt vor, bis die beiden Freundinnen fort mußten.

Als sie im Wagen saßen, war Alice äußerst aufgeräumt. Es war nämlich ganz klar, heute hatte er einen starken Eindruck gemacht.

Am Tage darauf verließ Mary mit einem amerikanischen Ehepaar Paris im Automobil. Sie blieb mehrere Tage fort. Aber es war ihr erstes, als sie wieder zurückkam, Alice aufzusuchen. Wahrhaftig: Franz Röy war da. Er und Alice sprangen in lebhafter Freude auf, Alice kam ihr entgegen und umarmte und küßte sie: "Du Ausreißer, Du Ausreißer!" rief sie. Daß Franz Röys Augen funkelten, ist zu wenig gesagt; sie schossen förmlich Salut. Von dem Augenblick an, da sie ihn begrüßte, stand sein Mund nicht mehr still. Er benahm sich so töricht verliebt, daß es Alice ganz angst wurde. Glücklicherweise mußte er ein Ende machen; er hatte eine Konferenz. Mary war nachher wieder ganz aufgerührt; die See wollte sich nicht legen. Alice sah es und wollte sie beruhigen mit eifrigen, ängstlichen Versuchen, ihn ihr zu erklären. Aber das verwirrte nur noch mehr; Mary ging.

Am Nachmittag, als sie zu den andern ins Zimmer tratsie hatte ein wenig geruht, es hatte ihr notgetanhörte sie Klavierspiel. Sie wußte sofort, daß es Jörgen Thiis war, der den beiden Alten Gesellschaft leistete. Er war wirklich ein Künstler, und er hatte eine Vorliebe für den Flügel, den sie hatten. Den wollten sie mit nach Norwegen nehmen. Sie ging gleich zu ihm hin und dankte ihm, daß er so aufmerksam gegen ihren Vater und Tante Eva sei; leider müßten die beiden so oft allein bleiben. Er antwortete, es sei ihm eine unendliche Freude, daß sie seine Musik schätzten, und das Klavier sei zu verlockend, in der Tat ersten Ranges. Die Unterhaltung bei Tisch und nachher zeigte Mary, wie die drei zusammenstimmten; sie war entbehrlich.

Sie war wirklich dankbar dafür, so daß es ein gemütlicher Abend wurde. Es wurde viel von der Heimat gesprochen, nach der die beiden Alten Sehnsucht hatten.

Kaum war er fort, so sagte Frau Dawes: "Was ist Jörgen doch für ein gemütlicher, gebildeter Mensch, liebes Kind!"Der Vater blickte Mary an und lächelte. "Worüber lachst Du, Vater?""Über nichts", er lachte noch mehr. "Du möchtest wissen, wie er bei mir angeschrieben ist?""Ja, wirkt er auf Dich?" Frau Dawes war ganz Ohr. "Aach.""Das kommt ja so gedehnt heraus?""Nnnein.""Nun also?""Im Grunde gefällt er mir gut.""Doch es ist ein Aber dabei?" Jetzt lächelte sie. "Ich mag nicht, daß seine Augen sich förmlich an mir festsaugen." Der Vater lachte: "Genau wie beim Essen, nicht?""Ja freilich!""Ein Lebemann, siehst Du, wie sein Vater.""Aber genau wie sein Vater hat er auch viele gute Eigenschaften", warf Frau Dawes ein. "Das hat er", sagte Anders Krog ernsthaft. Mary antwortete nicht. Sie sagte Gutnacht und bot ihm die Stirn zum Kuß.

Ein paar Tage später, ganz früh am Morgen, suchte Mary Alice in ihrem Atelier des Hinterhauses auf. Anders Krog hatte irgendwo altes chinesisches Porzellan gesehen, auf das er Lust bekommen hatte; aber Alices guter Rat war hierzu von größter Wichtigkeit. Mary war überzeugt, sie allein zu treffen, in der Regel freilich mit irgendeinem Modell.

Sie ging direkt hinein, ohne mit dem Pförtner zu sprechen. Alice öffnete ihr selbst. Sie hatte ihren Atelierkittel an, und ihre Hände waren schmutzig, sie konnte sie Mary nicht geben. "Hast Du ein Modell da?" flüsterte sie. "Ich wollte gerade anfangen," antwortete Alice leise mit einem seltsamen Lächeln, "das Modell wartet im Zimmer nebenan. Aber komm nur!" Als Mary hinter dem Vorhang hervortrat, erkannte sie den Grund, warum das Modell im Zimmer nebenan wartete; Franz Röy saß in diesem Zimmer. So früh am Morgen und tief in Gedanken. Er bemerkte nicht einmal, daß sie hereinkamen. Es war das erstemal, daß Mary ihn ernst sah. Das stand der männlichen Gestalt und seinem kraftvollen Gesicht ungleich besser als jene ausgelassene Lustigkeit. "Sehen Sie, wer da kommt!" sagte Alice. Er sprang auf.

Die Unterhaltung heute war sehr ernst. Er war in gedrückter Stimmung. Mary konnte unschwer erraten, daß die anderen von ihr gesprochen hatten.

Sie waren deshalb alle drei etwas befangen. Bis Alice ein Thema aus der Morgenzeitung aufgriff. Zwei Morde aus Eifersucht, von denen der eine geradezu entsetzlich war, hatten sie alle erschüttert, besonders Franz Röy. Er behauptete, die Auffassung von der Ehe stamme bei den romanischen Völkern aus einer Zeit, da die Frau Eigentum des Mannes war und Untreue folglich mit dem Tode bestraft wurde. Durch das Christentum sei freilich später der Mann auch Eigentum der Frau geworden. Hierüber entstand eine lebhafte Diskussion. Mary stimmte ihm darin bei, daß keiner der Eheleute dem ändern gehöre. Sie seien freie Individuen und könnten über sich selbst bestimmen. In der Ehe wie vor der Ehe. Nur die Liebe sei entscheidend. Höre die Liebe auf, weil der eine Teil oder auch beide durch die Entwicklung anders geworden seien, als sie bei Begründung der Ehe waren, oder treffe einer von ihnen einen Menschen, der seine Seele und seine Gedanken gefangen nehme und seinem Leben eine andere Richtung gebe, dann müsse der Verlassene resignieren. Nicht verdammen oder töten. Aber ihre Meinung und Franz Röys Ansicht gingen auseinander, als sie erwogen, was zwei Eheleute von Rechts wegen scheiden dürfe. Namentlich als sie darauf kamen, was davon zurückhalten müsse. Sie war hier viel bedenklicher als er. Er schlug scherzend vor, sie solle doch sagen: "Eheleute haben volle Freiheit, sich scheiden zu lassen; aber sie dürfen keinen Gebrauch davon machen." Sie schlug vor, er solle sagen: "Eheleute müssen in der Regel geschieden werden; haben sie keinen wirklichen Grund, müssen sie sich einen pumpen."

Sie kamen in diesem Gespräch tiefer als bis zu den Worten. Es bezauberte ihn wie eine neue Art von Schönheit an ihr, wie souverän sie war. Das gab ihrer Erscheinung einen neuen Glanz. Es war keine Herrschsucht darin. Es war nur eine Schutzwehr, aber die höchste. Ihr ganzes Wesen war darin konzentriert. Ein "Rühr' mich nicht an!" in Augen, Stimme und Haltung. Vielleicht, wenn es sein mußte, bereit zur Märtyrerglorie. Sie wurde viel größer. Aber auch hilfloser. Gerade solche Wesen stehen zu hoch und stolpern beim ersten Schritt. Dann pflegen sie furchtbar zu fallen.

Er starrte sie an und vergaß zu antworten, vergaß, wo er war. Ihm war, als rufe ihm einer zu: "Gib acht auf sie!" In seine Liebe zog mit gebieterischem Kommando die Ritterlichkeit ein.

Sie sah, wie er sich dem Gespräch fernhielt; aber das hinderte sie nicht; das Thema war ihr zu lieb. Als er wieder bei der Sache war, hörte er, wie sie ihr Innerstes enthüllte, zweifellos ohne es zu ahnen. Sie sprach aus, was sie gedacht hatte, seit sie sich so etwas hatte klar machen können. Es war ihr so natürlich, wie das Kleid zu heben, wenn es schmutzig war, oder draußen im Meer zu schwimmen, wenn der Fuß keinen festen Boden mehr fand. Die Individualität muß frei werden, muß wachsen, darf nicht gebeugt und nicht befleckt werden; das war das Erste und das Letzte.

Aber gleichzeitig fühlte sie sich seltsam zu dem Menschen hingezogen, der sie zu bewegen vermochte, das auszusprechen. Sie hatte es so lange nicht mehr getan. Sie wußte nicht, daß die Persönlichkeit, die unsere Gedanken erlöst, selbstverständlich Macht über uns hat. Sie fühlte nur, daß sie sprechen mußteund sich mit sich selbst beschäftigen. Eine wundersüße Empfindung, die sie zum erstenmal hatte.

Folglich wurde das Thema ausgesponnen. In Worten, die immer weiter und weiter in sie selbst hineinschlüpften und schließlich sich in einer Stille von Blicken und Atemzügen verloren. Alice war zu ihrem Modell hineingegangen. Sie waren befangen, als sie merkten, daß sie allein waren. Sie verstummten, und ihre Blicke wichen sich aus.

Nach flüchtigem Verweilen bald auf dem einen, bald dem anderen der vielen Kunstgegenstände, richtete sich ihre Aufmerksamkeit auf einen Faun ohne Arme, der sie angrinste. Sie sprachen über dieses Stück alter Kunst, nur um nicht zu schweigen. Wo der gefunden sein mochte? Aus welcher Zeit er stamme? Er sei gewiß sehr teuer gewesen. Sie sprachen in gedämpften Worten mit liebkosender Stimme, und die Augen glitten umher. Sie standen auch nicht auf ganz sicheren Füßen. Sie fühlten sich leichter, wie wenn sie sich in höheren Luftschichten befänden. Dabei die Empfindung, daß alles, was sie dachten, offen daliege, und daß sie selbst durchsichtig seien.

Jetzt kam Alice wieder. Sie blickte sie mit Augen an, die die beiden aufweckten. "Sind Sie jetzt mit der Ehe fertig?" fragte sie; denn sie hatten ja über die Ehe gesprochen, als sie hinausgegangen war.

Mary fiel ein, sie habe etwas zu besorgen, und ihr Wagen warte. Franz Röy erinnerte sich auch seiner Obliegenheiten. So gingen sie zusammen fort, durch den Hofraum, durch das Vestibül und die Tür auf den Wagen zu. Aber sie fanden den Ton von vorhin nicht wieder, und sprachen deshalb nicht.

Den Hut in der Hand, öffnete er ihr den Schlag. Sie stieg ein, ohne aufzublicken. Als sie sich hingesetzt hatte und ihm zunicken wollte, harrten ihrer die heißesten Augen, in die sie je geblickt hatte. Voll Leidenschaft und voll Ehrerbietung.

Zwei Stunden darauf war er wieder bei Alice. Länger hatte er mit seinen himmelstürmenden Hoffnungen nicht allein sein können.

Wo er in der Zwischenzeit gewesen sei? In der Stadt, um sich einen Abguß von Donatellos Heiliger Cäcilia zu kaufen. Er müsse vergleichen. Aber Alice könne sich im voraus denken, daß Donatellos Cäcilia kläglich durchgefallen sei.

Jetzt bekam Alice ernstlich Angst: "Lieber Freund, Sie werden sich noch alles verderben. Das liegt in Ihrer Natur." Er sagte stolz: "Ich habe mir noch nie im Ernst ein Ziel gesteckt, das ich nicht erreicht hätte.""Das glaube ich gern. Sie können arbeiten, Sie können Hindernisse überwinden, Sie können auch warten.""Das kann ich!""Aber Sie können sich nicht beherrschen, Sie können nicht abwarten, daß sie zu Ihnen kommt.""Was soll das heißen, Alice?"Es tat ihm weh. "Es soll Sie daran erinnern, lieber Freund, daß Sie Mary nicht kennen. Sie kennen die Welt nicht, in der sie lebt. Sie sind ein Waldbär.""Kann sein, daß ich ein Waldbär bin. Dagegen sage ich nichts. Aber wenn sie nun Freude an einem Waldbären hat? Man kann sich in solchen Dingen nicht täuschen." Er wollte sich seine festliche Stimmung nicht trüben lassen. Darum kam er bittend auf sie zu; er wollte sie sogar umarmen; er hatte es sehr mit dem Umarmen.

"Nein, seien Sie artig, Franz! Übrigens stören Sie mich schon zum zweitenmal.""Sie sollen auch gestört werden, Sie sollen nicht die da drin in Ihrem Gefängnis modellieren. Liebe Alice, Sie mein einziger Freund, Sie sollen mir mein Glück modellieren!""Ja, was kann ich weiter für Sie tun, als ich getan habe?""Sie können mir den Zutritt zu ihrem Hause verschaffen." Alice überlegte. "Das ist nicht so leicht.""O,Sie werden schon etwas ausfindig machen. Sie müssen, Sie müssen es!" Er redete und bettelte und umarmte sie solange, bis sie nachgab und es ihm versprach.

Ob sie es nun falsch anstellte,jedenfalls ging es schief. "Wenn ich meinen Vater bitte, einen jungen Herrn zu empfangen, der ihm nicht vorgestellt ist, muß er es falsch auffassen", sagte Mary. Alice gab das ohne weiteres zu. Sie war wütend auf sich selbst, daß sie daran nicht gedacht hatte. Anstatt mit Mary zu überlegen, ob sich die Sache nicht anders machen lasse, gab sie es ganz auf. Sie war noch ärgerlich, als sie Franz Röy das Ergebnis mitteilte; sie habe das Gefühl, sagte sie, Mary wünsche keinen Vermittler. Sie schärfte ihm wieder ein, vorsichtig zu sein.

Franz Röy war ganz unglücklich. Alice versuchte auch nicht, ihn zu trösten.

Tags darauf kam er wieder. "Ich kann's nicht aufgeben", sagte er. "Ich kann auch an nichts anderes denken."

Solange saß er und so oft wiederholte er dieselbe Litanei in allen Tonarten, und so unglücklich war er, daß er der gutmütigen Alice leid tat. "Hören Sie," sagte sie, "ich werde Sie zusammen einladen. Dann kommt vielleicht die Einladung zu Krogs von selbst."Er sprang auf. "Das ist eine herrliche Idee. Tun Sie das, Liebste!""Ich kann es nicht gleich tun. Anders Krog ist unwohl. Wir müssen warten." Er starrte sie enttäuscht an. "Aber können Sie uns beide nicht mal wieder zusammenbringen?""Ja, das kann ich.""So tun Sie es,sobald wie möglich! Sie Liebste, Beste, sobald wie möglich!"

Das gelang. Mary war gleich zu einem Wiedersehen bereit.

Sie trafen sich bei Alice, um zusammen in die Ausstellung in den Champs-Elysées zu fahren.

Zusammen vor Kunstwerken zu stehen, ist wie ein Gespräch ohne Worte. Die wenigen Worte; die gesprochen werden, rufen hundert andere wach. Aber die werden nicht ausgesprochen. Der eine fühlt durch den andern, oder glaubt es zu tun. Sie begegnen sich in einem Bilde, um in einem anderen wieder getrennt zu werden. Dabei lernen sie sich in einer Stunde besser kennen als sonst in Wochen. Alice führte sie von Bild zu Bild; aber sie selbst war mit sich beschäftigt,je länger, je vollständiger. Sie sah alles mit Künstleraugen an. Die beiden andern, die mit den Bildern anfingen, gingen immer mehr dazu über, durch die Bilder einander zu erforschen. Es wurde ein Flüsterspiel mit schnellen Blicken, knappen Worten und leicht andeutenden Fingern. Die aber, die sich auf heimlichen Wegen zueinander hintasten, haben zugleich eine unermeßliche Freude daran. Und lassen diese Freude auch wohl ahnen. Ein Spiel wie bei Vögeln, die unter dem Wasser schwimmen und weit hinten emportauchen,um dann wieder zueinander hinzustreben. Das Glück der Stunde wurde erhöht durch die vielen Augen, die auf ihnen ruhten.

Unten bei den Skulpturen führte Alice sie ganz nach vorn in den Mittelbau. Sie blieb vor einem leeren Sockel stehen und wandte sich an den Aufseher. "Ist der Athlet noch nicht in Ordnung?""Nein, gnädiges Fräulein, leider nicht", antwortete er. "Dann ist es wohl noch einmal schief gegangen?""Ich weiß nicht, gnädiges Fräulein." Alice erklärte Mary, die Statue eines Athleten sei bei der Aufstellung zerbrochen. "Ein Athlet?" fragte Franz Röy, der etwas abseits stand und jetzt eilig herzukam. Die beiden andern lächelten. "Ein Athlet? Sprachen Sie nicht von einem Athleten?""Ja", sagten sie und lachten. "Ist dabei etwas zu lachen?" fragte er. "Ich habe einen Vetter, der ist Athlet." Nun lachten die beiden Damen erst recht. Franz Röy war höchlichst erstaunt. "Ich kann Ihnen versichern, er ist der prächtigste Mensch, den ich kenne. Und so erstaunlich tüchtig. Das liegt in unserer Familie. Als Knabe war ich zwei Sommer bei ihm im Zirkus." Die andern lachten. "Worüber zum Teufel lachen Sie? Ich habe in meinem Leben keine herrlicheren Tage erlebt als im Zirkus." Die beiden Damen eilten unter Lachen in wilder Flucht dem Ausgang zu. Er mußte ihnen folgen; aber er war beleidigt. "Ich begreife nicht, worüber Sie lachen", sagte er, als sie alle im Wagen saßen, lachte aber mit.

Das kleine Mißverständnis hatte die Folge, daß sie alle in der besten Stimmung waren, als sie vor Marys Wohnung hielten.

Alice und Franz Röy fuhren ohne sie weiter. Er wandte sich überglücklich zu Alice und fragte, ob er heute nicht ein braver Junge gewesen sei? Ob er sich nicht im Zaum gehalten habe? Ob seine "Affäre" nicht brillant stände? Er ließ sich nicht Zeit, auf ihre Antwort zu hören, er lachte und schwatzte und wollte sie schließlich nach oben begleiten. Hiervon wollte Alice aber nichts wissen. Da verlangte er als Belohnung, wenn er es sein lasse, daß Alice sie beide auf eine Spazierfahrt ins Bois de Boulogne mitnehmen solle, nach Schloß Bagatelle hinaus. Die Fahrt müsse morgens um neun Uhr gemacht werden. Da dufte der Wald am stärksten, da sei der Gesang der Vögel am schönsten und da seien sie noch allein. Sie versprach es ihm.

Am nächsten Freitag holte Alice Mary kurz vor neun Uhr morgens ab, dann fuhren sie weiter zu Franz Röy.

Schon von weitem sah Alice ihn auf dem Fußweg auf und ab wandern. Aus Gang und Haltung ahnte ihr Böses. Mary konnte ihn nicht sehen, bis sie hielten. Da aber warf all die Glut seines Gesichts eine Flamme auf ihres. Er schwang sich auf den Wagen wie auf ein erobertes Schiff. Alice suchte eilig seine Aufmerksamkeit in Anspruch zu nehmen, um es nicht gleich zu einem Ausbruch kommen zu lassen. "Was für ein herrlicher Morgen," sagte sie, "gerade weil er nicht ganz sonnenklar ist. Nichts ist schöner als ein gedämpfter Ton über einer so farbenfrohen Landschaft wie der, durch die wir jetzt kommen." Aber er hörte nicht, er faßte nichts außer Mary. Der weiße Schleier, der von ihrem roten Haar zurückgeschlagen war, der halbgeöffnete, frische Mund brachte ihn um den Verstand. Alice meinte, der Wald dufte viel stärker, seit die japanischen Baumarten herangewachsen seien. Immer, wenn diese Bäume berauschende Wellen in den hergebrachten europäischen Waldduft hineingössen, sei's, als flögen fremde Vögel mit fremdartigem Schrei zwischen den Bäumen auf. Sofort behauptete Franz Röy energisch, die heimischen Vögel des Waldes hätten davon einen anderen Gesang bekommen. So wunderbar schön, wie sie diesen Morgen sängen, meinte er, hätten sie noch nie gesungen.

Alices Angst vor einer Explosion stieg. Sie wollte ihn ablenken, indem sie ihn auf die Farbenkontraste von Wald und Wiese und Fernsicht aufmerksam machte. Gerade der Weg nach Bagatelle hinaus ist so reich daran. Aber Franz Röy saß rückwärts und mußte sich jedesmal erst umdrehen, bis er sehen konnte, was Alice ihm zeigen wollte. Das machte ihn ungeduldig, um so mehr als Mary und er jedesmal in ihrem Gespräch unterbrochen wurden. "Wollen wir nicht lieber aussteigen und ein Stück gehen?" fragte er. Aber davor hatte Alice die meiste Angst; auf was für Gedanken konnte er da nicht kommen?!

"Sehen Sie sich doch um!" rief sie ihm zu. "Ist es nicht, als wenn die Farben hier Chöre singen?""Wo?" fragte er gereizt."Herrgott, sehen Sie doch bloß das verschiedene Grün in demselben Wald! Sehen Sie doch nur! Und daneben wieder das Grün der Wiese!""Mir liegt nichts daran, das zu sehen! Nicht ein Deut!" Er drehte sich wieder zu den Damen um und lachte. "Wäre es nicht doch besser, auszusteigen?" bestürmte er sie wieder. "Es ist doch was anderes, im Walde herumzulaufen, als ihn anzusehen. Ebenso mit dem Rasen.""Das Betreten des Rasens ist verboten!""Zum Donnerwetter, so gehen wir eben auf der Landstraße und besehen uns alles. Das ist viel schöner, als in dem engen Wagen zu sitzen!" Mary stimmte ihm zu.

"Zum Spazierengehen habe ich Sie aber nicht hier herausgefahren. Wir wollten den Anblick des historischen Schlosses Bagatelle genießen und den Wald, in dem es liegt. So was gibt es nicht wieder. Und dann wollten wir doch soweit wie möglich hinaus. Daraus wird aber nichts, wenn wir gehen."

Dieser Appell hielt sie eine Weile im Schach. Die Besitzerin des Wagens mußte doch den Ausschlag geben. Aber Mary war mittlerweile auch übermütig geworden. Ihre Augen, die gewöhnlich etwas Nachdenkliches hatten, leuchteten vor Lebenslust. Heute lachte sie über seine vielen drolligen Einfälle; sie lachte über das Geringfügigste. Sie wollte in einemfort Blumen haben, wenn sie welche sah. Jedesmal mußte angehalten werden, um Blumen und Laub zu pflücken. Sie packte den Wagen voll, so daß Alice schließlich protestierte. Da warf sie alles miteinander hinaus und verlangte energisch, selbst auch hinauszukönnen.

Sie hielten und stiegen aus.

Sie waren jetzt weit über Bagatelle hinaus und ließen den Wagen umkehren. Er solle langsam ein Stück zurückfahren, sie kämen nach.

Kaum waren sie ein paar Schritte gegangen, als Franz Röy anfing, Rad zu schlagen, d.h. er warf sich seitlings auf den Händen herum, um wieder auf die Füße zu fallen, dann wieder auf die Hände und so weiter, schneller und immer schneller. Dann drehte er um und kam auf dieselbe Weise zurück. "Das ist eins von meinen Zirkuskunststücken", sagte er strahlend. "Jetzt kommt ein anderes!" Er warf sich in der Luft herum und kam wieder auf die Füße genau an derselben Stelle, wo er hochgesprungen war. Dann noch einmal. "Sehen Sie? Genau wo ich hochgesprungen bin!" Er triumphierte und machte es noch zwei-, noch drei-, vier-, fünfmal vor.

Sie bewunderten ihn. Es war auch bewundernswert, wie der große, starke Mann das mit einer Leichtigkeit ausführte, daß es wirklich schön aussah. Angefeuert durch ihr Lob fing er an, sich mit solcher Geschwindigkeit herumzuwirbeln, daß den andern beim bloßen Zusehen schlecht wurde. Schön war es auch nicht. Sie wandten sich ab und schrien. Das machte ihm furchtbaren Spaß. Ärgerlich rief Alice: "Sie sind wahrhaftig wie ein Schuljunge von siebzehn Jahren!""Wie alt sind Sie eigentlich?" fragte Mary. "Über dreißig." Da lachten sie aus vollem Halse.

Das hätten sie nicht tun sollen. Dafür mußte er sie strafen. Ehe Alice es ahnen konnte, faßte er sie um die Taille und tanzte mit ihr im rasendsten Galopp die Chaussee hinunter, daß der Staub aufwirbelte. Die schwerfällige Alice wehrte sich aus Leibeskräften und schrie. Aber es half nichts; es machte ihm nur Spaß. Ihr Hut fiel zu Boden, ihr Schal flog hin, Mary lief hinterher und nahm beides auf, aber sie krümmte sich vor Lachen. Denn diese plumpen, völlig nutzlosen Widerstandsversuche waren nicht mitanzusehen. Schließlich machte er Kehrt, und sie kamen in dem gleichen rasenden Trab wieder zurück und machten bei Mary Halt. Alices Gesicht ganz verstört, schweißtriefend und rot. Ihre kurzatmige Wut, die keine Worte fand, ließ Mary kreischen vor Lachen. Franz sang ihr: "Hopsasa! hopsasa!" vor, bis sie sprechen und ihn tüchtig ausschelten konnte. Da lachte er.

"Und Sie?" wandte Mary sich jetzt an Franz Röy, "hat es Sie gar nicht angestrengt?""Nicht sonderlich. Ich könnte gleich mit Ihnen dieselbe Tour machen!" Mary erschrak. Sie hatte Alice gerade den Hut gegeben und stand nun da mit dem Schal und ihrem eigenen Hut, den sie abgenommen hatte, in der Hand, warf aber mit einem Aufschrei die beiden Gegenstände hin und sauste nach der entgegengesetzten Seite davon, dahin, wo der Wagen hielt.

Keinen Augenblick war es Franz Röy in den Sinn gekommen, seine Drohung auszuführen. Es war nur Scherz gewesen. Aber als er sie laufen sah, und zwar mit einer Geschwindigkeit, die er weder ihr noch überhaupt einer Dame zugetraut hätte, war das für sein Offiziersherz wie eine Herausforderung. Alice merkte es und sagte schnell: "Tun Sie's nicht!" Die Worte stellten sich ihm so eindringlich in den Weg, daß er zweifelnd stehen blieb. Mary aber dahinten auf der Straße in dem weißen Kleide und dem roten Haar darüber, mit einem so geschwinden und leichten

Tanz der Füße, daß allein dieser Rhythmus schon lockte, ja, das raubte ihm die Besinnung, das schleuderte ihn in die Bahn, eh' er selbst es wußte. Gerade als Alice zum zweitenmal und ganz verzweifelt rief: "Tun Sie's nicht!"

Der helle Streifen da vorn über dem Straßenstaub fiel wie Sonne in seine Augen und in seine Phantasie. Er blendete ihn. Er lief ganz bewußtlos weiter. Er lief, als rufe da vorn immerzu jemand: "Fang mich! Fang mich!" Er lief, als gelte es des Lebens höchsten Preis, sie einzuholen.

Sie hatte einen bedeutenden Vorsprung. Gerade das spornte seine ganze Kraft bis zum äußersten an. Ein Wettlauf ums Glück mit einer, die gefangen werden möchte. Siedend heiß brauste ihm das Blut in den Ohren, die Begierde wallte auf. Die stürmische Sehnsucht all dieser Tage und Nächte trieb vorwärts zum Sieg. Wollte endlich einmal reden. Oder richtiger,da bedurfte es keines Redens; er würde sie in seinen Armen haben!

Jetzt wandte sie den Kopf,sah ihn, stieß einen Schrei aus, raffte das Kleid zusammen,jetzt setzte sie die Füße wahrhaftig noch schneller! Er war wie toll. Er hielt ihren Schrei für einen Lockruf. Er sah sie nach vorn winken und glaubte, das solle bezeichnen, wo sie stehen bleiben wolle und frei sein. Es hieß also sie einzuholen, bis sie dahin kam. Auch er gab sich den letzten Sporn, und der brachte ihn im Nu dicht in ihre Nähe. Er meinte, ihren Duft zu spüren, bald mußte er ihren Atem hören. Er war so erregt, daß er gar nicht wußte, er berühre sie, bis sie sich umsah. Sie ließ sofort das Kleid los und nach ein paar Sätzen stand sie still. Sein Arm legte sich um ihre Taille, er glühte und zog sie leidenschaftlich an sich,da hörte er ein sehr bitteres: "Lassen Sie mich los!" Die Atemnot machte es so eigen scharf. Er war ganz entsetzt, dachte aber, er müsse sie stützen, bis sie wieder zu Atem gekommen sei, und deshalb hielt er sie fest. Da, mit der gleichen schneidenden Schärfe der Atemnot: "Sie sind kein Kavalier!" Er ließ sie los.

Man hörte Huf schlag, der Wagen kam rasch heran. Die beiden auf dem Bock mußten den Vorgang mitangesehen haben; ihnen hatte sie gewinkt. In seiner blinden Hetze hatte er nur sie gesehen.

Jetzt ging sie auf den Wagen zu; sie hielt sich das Taschentuch vors Gesicht; sie weinte. Der Diener sprang vom Bock und öffnete ihr den Schlag.

Er ließ sie stehen, trostlos, wie gelähmt in seinem Denken. Da kam Alice. Sie hatte ihren Schal und Marys Hut in der Hand und ging direkt auf den Wagen zu, ohne ihn zu beachten. Als er zu ihr hin wollte, winkte sie ihm ab.

Am dritten Tage nach diesem Ereignis ließ er sich bei Alice melden. Sie sei nicht zu Hause. Am Tage darauf bekam er denselben Bescheid. Dann mußte er auf einige Tage verreisen. Aber sowie er zurückkam, meldete er sich wieder. Sie sei eben fortgegangen, antwortete der Diener. Da schob er ohne weiteres den Diener beiseite und ging hinein.

Alice war ganz in Anspruch genommen von einer Reihe von Kunstgegenständen, die auf Tischen und Stühlen lagen oder standen. "Aber Alice?" sagte er leise und schmerzlich. Sie war erschrocken; doch er gewahrte im gleichen Augenblick ihren Vater hinter ihr. Da tat er, als habe er nichts gesagt, und trat näher.

Die Kunstgegenstände wurden beiseite gestellt; Franz Röy half dabei. Der Vater verließ das Zimmer. "Aber Alice?" wiederholte Franz Röy nun vorwurfsvoll. "Sie wollen mir doch wohl nicht Ihr Haus verschließen? Und gerade, wo ich so unglücklich bin?" Sie antwortete nicht. "Wir sind doch immer so gute Kameraden gewesen und haben uns so gut vertragen!" Sie stand abgewandt und gab keine Antwort. "Selbst wenn ich mich dumm benommen habe, kennen wir beide uns doch zu gut, als daß es uns trennen könnte?""Es muß doch Grenzen geben", hörte er sie sagen.Er bedachte sich eine Weile: "Grenzen? Grenzen? Aber hören Sie mal, Alice, zwischen uns ist doch nichts."Ehe er weiterreden konnte, warf sie schnell ein: "Es geht doch nicht an, sich im Beisein anderer so zu benehmen!" Sie war feuerrot."Ja, was meinen Sie?" Er verstand sie nicht. Sie wandte sich ab: "Mich im Beisein anderer so zu behandeln ..." ergänzte sie. "Was muß Mary denken?"Jetzt erst ging ihm ein Licht auf, daß er sich auch gegen sie, gegen Alice nicht richtig benommen habe; er hatte die ganze Zeit nur an Mary gedacht. Jetzt schämte er sich. Schämte sich ganz entsetzlich und ging auf sie zu. "Ich bitte Sie um Verzeihung, Alice, ich war so froh, daß ich nichts überlegt habe. Erst jetzt kommt mir das zum Bewußtsein. Verzeihen Sie mir armem Sünder! Nein, sehen Sie mich an!" Sie wandte ihm das Gesicht zu, ihre Augen waren unglücklich und standen voll Tränen; sie begegneten den seinen, die auch unglücklich, aber flehend waren. Da dauerte es nicht lange, bis ihre und seine eins waren. Er streckte die Arme aus, umarmte sie und wollte sie küssen; aber das durfte er nicht. "Alice, liebe, süße Alice, Sie wollen mir doch wieder helfen?""Es hat keinen Zweck. Sie zerstören alles.""Ich will fortan jedes bißchen tun, was Sie wünschen.""Das haben Sie früher auch schon versprochen.""Aber jetzt habe ich zugelernt. Jetzt halte ich es. Auf Ehre!""Man kann sich nicht auf Ihre Versprechungen verlassen. Denn Sie haben eben kein Verständnis.""Kein Verständnis?""Nein, Sie ahnen ja nicht, wie sie ist!""Ich gebe zu, daß ich mich getäuscht haben muß; denn noch in diesem Augenblick ist mir nicht klar, worüber sie so böse wurde.""Das kann ich mir denken.""Ja, denn als sie alles hinwarf und fortlief, glaubte ich tatsächlich, sie tue es, damit ich hinterherlaufe.""Hörten Sie denn nicht, daß ich zweimal rief: 'Tun Sie's nicht!'""Ja; aber ich verstand auch das nicht."Alice setzte sich entmutigt hin. Sie sagte nichts mehr; es half ja doch nichts. Er nahm ihr gegenüber Platz: "Erklären Sie mir's, Alice! Haben Sie nicht gesehen, wie sie lachte, als ich mit Ihnen davontanzte?""Haben Sie noch nicht begriffen, was für ein kolossaler Abstand zwischen ihr und uns andern ist?""Mary Krog ist nicht anspruchsvoll und nicht übermütig. Nicht im geringsten.""Nein, das ist sie nicht. Sie verstehen mich schon wieder falsch. Während wir andern gewöhnliche Sterbliche sind, die ruhig mal derb angefaßt werden können, lebt sie in einer Ferne, der bis jetzt niemand auch nur um einen halben Meter nähergekommen ist. Nicht aus Stolz oder aus Einbildung.""Nein, nein!""So ist sie eben. Wäre sie nicht so, dann wäre sie längst gekapert und verheiratet. Sie werden doch nicht glauben, daß es ihr an Bewerbern gefehlt hat?""Nein, das laßt sich denken.""Fragen Sie Frau Dawes! Sie führt in ihren tausend Briefen Buch darüber. Sie schreibt jetzt von nichts anderem."

"Aber wie ist das zu verstehen, liebe Alice?""Das ist ganz leicht zu verstehen. Sie ist freundlich und umgänglich und gefällig, was sie wollen. Aber sie lebt in einem Elfenlande, das niemand betreten darf. Darüber wacht sie mit der unverbrüchlichsten Sorgfalt und dem feinsten Takt!""Also unberührbar?""Absolut! Daß Sie das noch nicht einmal gemerkt haben!""Ich hatte es gemerkt,aber ich vergaß es."

Franz Röy saß da, als lausche er in die Ferne. Er hörte wieder diesen hellen Angstruf, der durch die Luft zitterte, als er ihr näher kam; er sah das aufgeregte Winken nach dem Wagen, er fühlte ihren zitternden Körper, er vernahm den Zornesausbruch, der mit aller Kraft, die sie noch hatte, herausgeschleudert wurde; er sah sie weinend fortgehen. Mit einemmal begriff er! Was für ein dummer, brutaler Verbrecher er doch war!

Er blieb sitzen, stumm und tief unglücklich.

Aber es lag nicht in seiner Natur, sich zu ergeben. Bald erhellte sich sein Gesicht. "Schließlich war es doch nur ein Spiel, liebe Alice.""Für sie war es mehr. Daran zweifeln Sie doch auch wohl nicht mehr?""Ihr ist schon öfter nachgestellt worden, meinen Sie?""Auf alle mögliche

Weise!""Darum ging die Phantasie mit ihr durch?""Natürlich. Das sahen Sie doch?"Er schwieg. "Aber hören Sie mal, lieber Franz,war es für Sie nicht auch mehr als ein Spiel? War es nicht das Entscheidende?"

Er ließ beschämt den Kopf sinken. Dann ging er ein paarmal auf und ab und kam zu ihr zurück. "Sie ist souverän. Sie will nicht erobert sein. Ich hätte stehen bleiben sollen?""Sie hätten ihr überhaupt nicht folgen sollen. Und sie wäre jetzt Ihr eigen gewesen." Er setzte sich wie mit einer schweren Last auf den Schultern wieder hin.

"Hat sie etwas gesagt?" fragte Alice mit forschendem Blick.Er hätte lieber geschwiegen, aber die Frage wurde wiederholt. "Sie sagte, ich sei kein Kavalier."

Alice fand das sehr schlimm. Darauf fragte er, ob Mary zu ihr etwas gesagt habe. Im Wagen? "Kein Wort. Aber ich habe geredet. Ich schalt auf Sie. Tüchtig.""Sie hat auch später nicht mehr davon gesprochen?" Alice schüttelte den Kopf. "Ihr Name ist aus dem Wörterbuch gestrichen, mein Freund."

Einige Tage später bekam er einen Rohrpostbrief, der ihn in aller Eile davon unterrichtete, sie seien vormittags elf Uhr wieder in der Ausstellung der Champs Elysées. Als er das Billet bekam, war die Uhr schon elf.

Mary war zu Alice gekommen mit der Bitte, sie zu begleiten. Sie solle ihr Urteil über eine holländische Küstenlandschaft abgeben, die ihr Vater kaufen wolle. Der Preis erscheine ihnen allen recht hoch, möglicherweise könne Alice günstigere Bedingungen erzielen. Marys Wagen hielt unten. Alice ließ sie allein, schrieb eilig an Franz Röy und machte sich dann fertig, was gegen ihre Gewohnheit heute sehr lange Zeit in Anspruch nahm. Sie kamen in die Ausstellung, suchten das Bild auf und gingen ins Bureau, wo sie warten mußten, machten dann ihr Angebot, gaben ihre Adresse auf und begaben sich wieder ins Parterre; denn sie wollten den Athleten suchen. Jetzt stand er da in seiner ganzen männlichen Kraft. Alice trat zuerst davor hin und rief: "O Gott, das ist ja" hielt aber inne und wandte sich von Mary ab. Sie besah die Statue von allen Seiten, immer und immer wieder, ohne ein Wort zu sagen. Gerade das, was an Franz Röy auffiel, daß seine Kraft nicht äußerlich in Muskelkissen sichtbar war, sondern als Spannkraft in dem wohlgeformtesten, geschmeidigen Körper lag, fand sich hier wieder. Das war Franz Röys Haltung und seine Kopfstellung, seine breite, schräg ansteigende Stirn, seine Hand, sein kurzer, kräftiger Fuß,alles war hier! Die Statue wirkte wie ein Schlachtgesang. Zum erstenmal fand sie ein Wort dafür, wie Franz Röy wirkte. Dies hier riß sie mit wie der Rhythmus eines Marsches. Genau das, was sie oft empfunden hatte, wenn sie Franz Röy gehen sah. War diese Ähnlichkeit ein sonderbarer Zufall, oder hatte wirklich Franz Röy ... ihr wurde heiß, und sie mußte ein Stück von der Statue fortzu einer andern hin.

Mary hatte sich die Zeit über hinter Alice gehalten, die sie ganz vergessen hatte. Nun, da Alice allein stand, stieg unwillkürlich die Frage in ihr auf: begreift Mary, was sie sieht?

Alice wartete eine Weile, ehe sie zu beobachten anfing. Mary stand jetzt lange unbeweglich vor der Statue mit dem Rücken nach Alice. Alice wurde neugierig. Sie ging auf einem Umwege zwischen andern Skulpturen hindurch nach drüben, setzte ihr Pincenez auf und sah hin. Marys Augen waren halbgeschlossen, ihre Brust wogte. Sie ging langsam im Kreise um die Statue herum, trat etwas zurück, kam wieder näher und blieb halb seitlich davor stehen.

Da sah sie sich nach Alice um und erblickte sie, wie das Pincenez gerade auf sie gerichtet war; Alice hielt es sogar noch fest, um deutlicher zu sehen. Man konnte sich nicht täuschen: Alices Gesicht war ein einziges Schelmenlachen.

Es gibt Dinge, von denen keine Frau will, daß eine andere sie versteht: Marys Blut geriet in Wallung; geärgert und gekränkt, empfand sie Alices Blick wie eine "insulte"das Wort wurde französisch gedacht. Sie drehte schnell dem Athleten den Rücken und ging nach dem Ausgang zu. Aber sie blieb hier und da stehen, um sich den Anschein zu geben, als betrachte sie andere Kunstwerke. In Wirklichkeit, um ihrer Erregung Herr zu werden. Endlich hatte sie den Ausgang erreicht. Sie blickte sich nicht um, ob Alice nachkomme; sie ging in die Vorhalle hinaus und von da weiter.

Aber gerade, als sie draußen stand, kam Franz Röy dahergestürmt. So eilig, als sei er hinbestellt und habe sich verspätet. Franz Röy riß den Hut vom Kopf, bekam aber kein Nicken als Antwort, nur ein paar kühle Augen. "Aber nein, jetzt müssen Sie auch nicht mehr böse sein!" sagte er gutmütig und knabenhaft in seinem breitesten Ostländisch. Sie taute auf, ja, sie konnte nicht anders, sie lächelte sogar und war tatsächlich nahe daran, seine ausgestreckte Hand zu fassen,als sie sah, wie seine Augen blitzschnell an ihr vorbeiglitten und mit einem ganz, ganz kleinen Triumph wieder zurückkehrten. Da wandte auch sie den Kopf und begegnete Alices Augen. In ihnen lag eine ganze Welt von Schelmerei und Freude. Eine abgekartete Sache also! Da ging eine Verwandlung mit Mary vor. Wie von der höchsten Kirchturmspitze blickte sie auf die beiden hinunterund ließ sie stehen. Ihr Wagen hielt in einiger Entfernung; sie winkte, und er kam in großem Bogen heran. Ihr Vater hatte auf seinem Wagen keinen Diener; sie machte sich selbst den Schlag auf, ehe Franz Röy hinzuspringen konnte. Sie stieg ein, als sei kein Mensch da. Von ihrem Sitz aus sah sie sich nach Alice um,an Franz Röy vorbei. Die korpulente Alice kam langsam herangewatschelt. Schon von weitem war zu sehen, daß sie einen harten Kampf mit unterdrücktem Lachen zu bestehen hatte. Und als sie herangekommen war und Mary vornehm dasitzen sah, den Kopf nach der andern Seite gewandt, während auf dieser Seite Franz Röy, der Riese, wie ein verdonnerter Rekrut stand, da konnte sie sich nicht länger halten, sie brach in ein Gelächter aus, das ihre ganze behäbige Person von Grund auf erschütterte. Sie lachte, daß ihr die Tränen über die Backen liefen. Sie lachte so, daß sie nur mit Not und Mühe und nicht ohne Hilfe das Trittbrett fand und sich hinaufzog. Sie sank laut lachend neben Mary auf den Sitz, daß der Wagen wackelte. Sie hielt das Taschentuch vors Gesicht und prustete hinein. Sie sah Marys purpurrotes Beleidigtsein und Franz Röys blasses Entsetzen, sie lachte nur immer mehr. Sogar der Kutscher mußte mitlachen; er wußte den Teufel warum. So fuhren sie ab.

Wieder eine mißglückte Expedition nach den kühnsten Hoffnungen! Es dauerte lange, bis Alice etwas sagen konnte. Natürlich fing sie damit an, Franz Röy zu bedauern. "Du bist zu streng gegen ihn, Mary. Gott, wie unglücklich er aussah!" Und wieder überkam sie das Lachen. Mary aber, die die ganze Zeit über dagesessen und nur auf eine Gelegenheit gewartet hatte, brach jetzt los: "Was geht mich Dein Protégé an?" Und als sei das nicht genug, beugte sie sich vor und sah in Alices lustige Augen hinein. "Du verwechselst uns beide wohl. Du bist selbst in ihn verliebt. Meinst Du, ich habe das nicht lange gesehen? Ihr müßt ja selbst am besten wissen, in was für einem Verhältnis Ihr zueinander steht. Mich geht es nichts an. Aber das 'Sie', an dem Ihr festhaltet,ist doch wohl nur ein Deckmantel?"

Alices Lachen erstarb. Sie wurde blaß, so blaß, daß Mary erschrak. Mary wollte die Augen wieder abwenden, konnte es aber nicht. Alices Augen hielten sie während des schmerzlichen Überganges fest, bis sie erloschen. Da sank Alices Kopf mit einem langen, schweren Seufzer hintenüber. Wie das Stöhnen eines verwundeten Tieres.

Mary saß daneben, erschrocken über den eigenen Schuß.

Aber es war geschehen.

Unerwartet und hastig hob Alice den Kopf und ließ den Kutscher halten. "Ich muß in dies Hôtel." Der Wagen hielt, sie öffnete die Tür, stieg aus und schloß sie hinter sich. Mit einem langen Blick auf Mary sagte sie: "Good bye!""Good bye!" war die leise Antwort.

Beide fühlten, es war für immer.

Mary fuhr weiter. Sowie sie zu Hause war, ging sie geradenwegs in den Salon; sie wollte ihrem Vater etwas sagen. Schon draußen vor der Tür hörte sie Klavierspiel und wußte, daß Jörgen Thiis da war. Aber das hielt sie nicht zurück. In Hut und Sommermantel stand sie plötzlich unerwartet im Zimmer. Jörgen Thiis sprang vom Klavier auf und ging ihr entgegen, seine Augen waren voll Bewunderung; sie glühte nämlich vor Erregung. Aber etwas Stolzes und Abweisendes in all dem Funkeln bewirkte, daß er es aufgab, sich ihr zu nähern. Da bekamen seine Augen das Saugende, Gierige, das sie so tief verabscheute. Mit leichtem Gruß ging sie an ihm vorbei auf den Vater zu. Er saß wie gewöhnlich in einem großen Stuhl mit einem Buch auf den Knien. "Du Vater, was meinst Du, wollen wir jetzt nach Hause reisen?"

Alle Gesichter hellten sich auf. Frau Dawes rief: "Denk nur, Jörgen Thiis hat gerade gefragt, wann wir reisen; dann will er mit."Mary wandte sich nicht zu Jörgen Thiis, sondern fuhr fort: "Ich glaube, das Schiff fährt morgen von le Havre ab.""Ja, ganz recht," antwortete ihr Vater, "aber bis dahin werden wir wohl nicht fertig?""Doch, das werden wir," sagte Frau Dawes, "wir haben ja den ganzen Nachmittag.""Ich will mit Vergnügen helfen", sagte Jörgen Thiis. Dafür bekam er einen freundlichen Blick von Mary, ehe sie über den Preis Bericht erstattete, den Alice für die holländische Küstenlandschaft, die ihr Vater haben wollte, angesetzt hatte. Dann ging sie hinaus, um ihre eigenen Sachen einzupacken.

Sie trafen sich alle vier um halb acht im Hotel beim Diner. Mary fand sich, etwas abgespannt, auch ein; Jörgen Thiis ging ihr entgegen und sagte: "Gnädiges Fräulein haben doch diesmal Franz Röy kennen gelernt?"Der Vater und Frau Dawes waren ganz Aufmerksamkeit; sie verrieten dadurch, daß Jörgen soeben mit ihnen darüber gesprochen haben mußte. Immer wenn sie die Bekanntschaft eines Herrn machte, bekamen nämlich die beiden Angst. Mary wurde rot; sie fühlte es, und daher vertiefte sich das Rot noch. Die beiden starrten sie an. "Ich habe ihn bei Miß Clerq gesehen", antwortete Mary. "Miß Clerqs Mutter und sie sind mehrere Sommer in Norwegen gewesen und dort mit Franz Röys Familie zusammengetroffen; sie sind aus einer Stadt. Soll ich noch weitere Aufklärungen geben?" Jörgen Thiis erschrak. Die andern starrten sie an. Er sagte eilig: "Ich habe gerade zu Ihrem Vater und zu Frau Dawes gesagt, daß unter uns jüngeren Offizieren Franz Röy als der beste gilt, den wir überhaupt haben. Ich habe es also nicht böse gemeint.""Das habe ich auch nicht von Ihnen gedacht. Aber wenn ich selbst von dieser Bekanntschaft hier nicht gesprochen habe, darf es auch von keinem Fremden zugetragen werden, finde ich."Ganz erschrocken sagte Jörgen Thiis, daß ... daß ... daß er keine andere Absicht dabei gehabt habe als, als, als ... "Das weiß ich", schnitt sie ihm das Wort ab.

Dann gingen sie zusammen hinunter. Bei Tischsie hatten einen für sich alleinnahm Jörgen Thiis das Thema natürlich wieder auf. Das könne nicht so abgetan werden. Die Offiziere, sagte er, bedauerten, daß Franz Röy zum Geniekorps übergegangen sei. Er sei ein hervorragender Stratege. Ihre Übungen, sowohl die theoretischen wie die praktischen, hätten ihm Gelegenheit gegeben, sich auszuzeichnen. Jörgen führte Beispiele an, die sie aber nicht verstanden. Da wartete er mit Anekdoten über Franz Röy auf. Aus dem Leben mit den Kameraden, aus seinem

Beruf. Die sollten beweisen, wie beliebt und wie schneidig er sei; Mary aber fand, sie bewiesen eher, wie jungenhaft er sei. Jörgen trat also den Rückzug an: er habe es nur erzählen hören; Franz Röy sei ja älter als er. "Wie finden Sie ihn denn?" fragte er plötzlich sehr unschuldig. Mary zögerte, die ändern blickten auf. "Er redet so sehr viel."Jörgen lachte. "Ja, was soll er machen? Er hat soviel Kraft.""Muß die sich an uns andern auslassen?" Darüber lachten sie alle, und damit war die Spannung gelöst, in der bis jetzt alle befangen waren. Krog und Frau Dawes fühlten sich sicher vor Franz Röy. Auch Jörgen Thiis.

Sie kamen um halb neun wieder nach oben. Mary entschuldigte sich,sie sei müde. Von ihrem Zimmer aus hörte sie Jörgen Thiis spielen. Sie lag und weinte.

Der nächste Abend auf dem weiten, stillen Meer. Es dämmerte leise der Sommernacht entgegen; zwei Rauchsäulen in der Ferne,sonst nichts. Ein ununterbrochenes helles Grau oben und unten. Mary lehnte sich an die Reeling. Kein Mensch weiter war zu sehen; das Stampfen der Maschine war der einzige Laut.

Sie war eben unten beim Konzert gewesen, war aber vor den andern nach oben gegangen. Ein Gefühl unsäglicher Einsamkeit trieb sie hinauf zu diesem inhaltlosen Ausblick. Überall Wolken als Grenze.

Nichts als Wolken; nicht einmal ein Widerschein der untergegangenen Sonne.

Was war ihr selbst von dem Glanz der Welt geblieben, aus der sie kam? War nicht in ihr und um sie herum die gleiche Leere? Das Wanderleben war jetzt vorbei; weder ihr Vater noch Frau Dawes konnten oder wollten es fortsetzen; das wußte sie. In der Bucht, wo sie wohnten, war kein Nachbar, an dem ihr lag. In der Stadt eine halbe Stunde davon kein Mensch, an dem sie hing. Sie hatte sich keine Zeit dazu gelassen. Sie war nirgends heimisch. Ihr Leben war keins, das aus der Scholle herauswächst und mit allem verknüpft ist, was daran hängt. Wo sie hinkam, schien die Unterhaltung zu stocken, damit ein anderes Thema, das ihr angepaßt war, aufgenommen werden konnte. Die Globetrotter, die mit ihr durch die Welt zogen, sprachen von Reiseerlebnissen, von Museen und Musik an den Orten, die sie zusammen aufgesucht hatten. Manchmal auch über Probleme, die mit ihnen schwammen, wohin sie auch fuhren. Aber kein einziges darunter, das ihr nahe ging. Die Redensarten, auf die es ankam, konnte sie auswendig. Es war eigentlich eine Art Sprachübung oder ein zweckloses, müßiges Geschwätz.

Die Huldigungen, die ihr dargebracht wurden, und die bisweilen in einen Kultus ausarteten, fingen schon an, als sie noch ein Kind war und es für Spiel ansah. Später war es ihr so zur Gewohnheit geworden wie die Touren eines Kontres. Ein einzelner Zwischenfall, der die ganze Familie in Aufregung gebracht hatte, ein paar Fälle, die weh getan hatten, waren längst vergessen; das ganze war jetzt Alltäglichkeit ohne Ernst. Sie stand einsam und mit leeren Händen da.

Es ging ein Zucken durch ihren Körper, als ihr Franz Röys riesige Gestalt vor Augen trat. So deutlich, so scharf in allen Einzelheiten, daß ihr war, als könne sie sich nicht vom Fleck rühren.

Er war nicht wie die anderen. Hatte das sie in Aufregung gebracht?

Bei dem bloßen Gedanken an ihn zitterte sie. Ohne daß sie es wollte, stand Alice neben ihm in ihrer üppigen Lüsternheit, mit frivolen Augen ... In was für einem Verhältnis standen die beiden? Es wurde ihr dunkel vor den Augen, es stach, es kochte in ihr. So stand sie und weinte.

Sie hörte ein dumpfes Brausen von etwas Gewaltigem. Sie wandte sich nach der Richtung. Ein Ozeansteamer kam ihnen entgegen, so unvermutet und so ungeheuer groß, daß sie den Atem anhielt. Er wuchs aus dem Meer heraus ohne Warnungssignal. Er schoß in rasender Fahrt auf sie zu, wurde größer und immer größer, ein Feuerberg von großen und kleinen Lichtern. Unter schäumendem Brausen kam er und zog er vorbei. Nur einen Augenblick, und er war ein Bild in der Ferne.

Wie das sie ergriff!

Dies vorüberrauschende Leben, das von Erdteil zu Erdteil eilt, voll Arbeit und Gedanken in ewigem, fruchtbarem Austausch.

Während sie hier in einer kleinen Tonne umherschwamm, die von den Wellen des Weltkolosses geschaukelt wurde, daß man sich festhalten mußte.

Sie stand wieder allein in der großen Wüste. Wie verraten. Es war doch wie ein Verrat, wenn alles, was sie in drei Erdteilen gesehen und gehört hatte an Volksleben und Festen, kirchlichen wie nationalen, an Kunstwerken und an Musik,gewissermaßen zurückblieb, wo sie es gesehen und gehört hatte, während sie einsam in einer unheimlichen, bewegungslosen Einöde stand.

Daheim

Es kam erstaunlich anders.

Schon als sie an Land stieg, sah sie bei Jung und Alt die ungeheucheltste Freude über das Wiedersehen. Alle Gesichter strahlten. Ebenso auf dem Wege zum Marktplatz; jeder freute sich; jeder grüßte. Während sie keinen Gedanken für diese Leute gehabt hatte, hatten sie ihrer gedacht. Vom Haus am Markt wollten sie später am Tage mit dem Küstendampfer nach Krogskog weiterfahren. In der Zwischenzeit bekamen sie Besuch von ihren Verwandten. Die mußten ihnen doch sagen, wie froh sie seien, sie endlich wiederzusehen. Sie mußten auch von der Freude berichten, die das spanische Bild Marys hervorgerufen hatte, erst hier, dann in der Hauptstadt und jetzt auf einer Rundreise durch das Land mit anderen Bildern. Man schreibe,ja, sie habe doch gelesen, was man schreibe?Nein, sie habe überhaupt keine Zeitungen gelesen, nur hier und da ein Blatt, das an ihrem jeweiligen Aufenthaltsort erschienen sei. "Liest Du denn keine hiesigen Zeitungen?""Doch, wenn Vater sie mir zeigt." Ob ihr denn ihr Vater nichts davon erzählt habe, und Frau Dawes auch nicht?"Nein.""Ja, nun sei sie in ganz Norwegen bekannt. Dies sei doch das dritte Bild von ihr; oder gar das vierte? Und dies sei das schönste. Die illustrierten Zeitschriften hätten es gebracht. Ein englisches Kunstjournal, "The Studio", habe es auch reproduziert. Ob sie das nicht wisse?""Nein."Die Jugend sei ganz stolz auf sie. Darum hätten sie mit ihrem Frühlingsfest bis zu ihrer Heimkehr gewartet. "Da soll Staat mit Dir gemacht werden.""Mit mir?""Wir wollen nach Marielyst, der Dampfer von hier und einer aus der Nachbarstadt, wir treffen uns dort. Jörgen Thiis hat von Paris aus den ganzen Plan entworfen.""Jörgen Thiis?""Ja, hat er nichts davon gesagt?""Nein."

Kaum war sie allein, so ging sie zu ihrem Vater ins Zimmer, der im Begriff war, einige Kunstgegenstände auszupacken, die er gekauft hatte, und die hier aufgestellt werden sollten. "Vater, hast Du die Bilder von mir ausstellen lassen?" Er lächelte und sagte unschuldig: "Ja, allerdings habe ich das getan, liebes Kind. Und viele haben ihre Freude daran gehabt. Man hat mich übrigens darum gebeten. Man hat mich jedesmal darum gebeten." Er sagte es so nett. Daß er ihr nichts davon gesagt hatte und auch Frau Dawes und gleichzeitig wohl auch Jörgen Thiis es verboten hatte, fand sie reizend. Sie tat etwas, was sie sonst sehr selten tat, sie ging hin und gab ihm einen Kuß.

Also das war es, worüber ihr Vater so eifrig mit Frau Dawes und Jörgen Thiis getuschelt und geflüstert hatte? Deshalb waren die Zeitungen aus der Heimat ihr vorenthalten worden. Alles war verabredet,sogar der Vorschlag, gerade jetzt nach Hause zu reisen! Sie hatte Jörgen Thiis beinahe lieb.

Als sie nach Krogskog abfuhren, hatte sich eine Menge Jugend auf der Brücke eingefunden. Sie riefen: "Auf Wiedersehen am Sonntag!"

Sie fand die Landschaft hinreißend schön. Die kleine halbe Stunde bis Krogskog war wie ein Begrüßen guter alter Bekannter, ein fortwährendes Begrüßen. Jetzt war auch die partielle Verlegung der Strandstraße an der Küste entlang fertig. Es war wirklich lustig, wie sie sich um die Landzungen herumschlängelte und oft in die Felsen hineinschnitt. Über Krogskog führte der Weg wie früher durch die Ebene von einer Landspitze zur andern, dicht an der Landungsbrücke vorbei und dicht unter der Kapelle mit dem Kirchhof.

Nein, wie behaglich Krogskog dalag: Sie hatte behalten, wie einsam es lag; aber sie hatte vergessen, wie reizvoll es war! Diese stille, blanke Bucht mit den Seevögeln! Das Gekräusel da hinten, wo der Fluß mündete, die große Ebene hoch oben zwischen den Hügeln, und die Höhen so grünbewachsen. Waren die Bäume vor dem Wohnhause wirklich nicht höher? Wie gut sich das langgestreckte Haus machte mit den schwarzen Fenstern und der schwarzen Grundmauer. Aus dem einen Schornstein stieg dichter Rauch auf; er wirbelte ein lustiges Willkommen in die Luft. Sie sprang vor den andern an Land und lief hinüber. Ein Mädchen von neun, zehn Jahren kam heruntergerannt, blieb, als sie Mary gewahrte, stehen, machte Kehrt und rannte all was sie konnte zurück. Mary aber holte sie vor der Treppe ein. "Jetzt hab' ich Dich!" sie drehte sie zu sich herum: "Wie heißt Du?" Es war ein hellhaariges, lachendes Ding, das nicht antwortete. Auf der Treppe standen die Mädchen und eine von ihnen sagte, sie heiße Nanna und sei hier Laufmädchen. "Dann sollst Du mein Mädchen sein!" sagte Mary und nahm sie die Treppe mit hinauf. Sie nickte jeder einzelnen zu, merkte aber, wie enttäuscht sie waren, als sie eilig weiterging, ohne mit ihnen zu sprechen. Sie sehnte sich danach, den Fuß auf die dicken Teppiche zu setzen, die seltsame Beleuchtung im Vorzimmer um sich zu fühlen, die großen, kostbaren Schränke und alle Malereien und Raritäten aus der holländischen Zeit wiederzusehen. Sie sehnte sich mehr noch danach, hinauf in ihr eigenes Gemach zu kommen. Diese Lautlosigkeit auf der Treppe und nachher auf dem langen, dämmerigen Gangdie hatte nie ein solches Flüsterspiel mit ihr getrieben wie heute. Etwas Weiches, Halbverstecktes, Vertrautes und Nahes zugleich. Das redete noch zu ihr, als sie vor der Tür zu ihrem Zimmer stand, es hielt sie so fest, daß es eine Weile dauerte, bis sie die Tür öffnete.

Ah, der Raum lag in vollem Sonnenlicht, es kam von dem Fenster an der Längswand, das auf die andern Häuser und auf die Anhöhe hinausging. Blasseres Licht vom Fenster gerade gegenüber, das auf den Obstgarten und drunten auf die Bucht sah. Die blinkte durch die Bäume. Über den Bäumen sah man die Inseln und das hellgraue Meer. Vom Hügel aber, der im schönsten Blüten- und Laubschmuck stand, zog Frühlingsduft herein. Das Zimmer selbst in seiner weißen Reinheit lag da wie ein Schoß, der all dies aufnahm. Hier drinnen scharte sich alles ehrerbietig um das Bett, das mitten in der Stube stand. Es war nicht nur wie für eine Prinzessin; es war die Prinzessin selber; alles andere neigte sich davor.

Der Ausflug nach Marielyst war in jeder Beziehung wohlgelungen. Aber an dem Tage kam zwischen Mary und Jörgen eine Verstimmung auf.

Das ging so zu. Jörgen Thiis kam mit einer großen, starken Dame an Bordihre breite Stirn, die warmen Augen, die kleine Nase und das vorspringende Kinn trieben ein leichtes Rot in Marys Wangen, das sie zu verbergen suchte, indem sie sich erhob und fragte: "Sie sind doch die Schwester des Hauptmanns im Geniekorps Franz Röy?""Ja", antwortete Jörgen Thiis; "wir haben der Sicherheit halber einen Arzt mitgenommen." -Mary: "Das freut mich sehr; ich habe natürlich durch Ihren Bruder von Ihnen gehört. Er hat Sie sehr lieb.""Das tun wir überhaupt alle", versicherte Jörgen Thiis und entfernte sich.

Fräulein Röy selbst hatte nichts gesagt, aber ihre forschenden Augen überströmten Mary mit Bewunderung. Jetzt setzte sie sich neben sie. "Bleiben Sie lange daheim?""Das weiß ich nicht. Vielleicht reisen wir überhaupt nicht mehr; mein Vater ist zu schwach."Fräulein Röys kluge Augen notierten das förmlich. Sie sagte eine ganze Weile nichts mehr. Mary aber dachte bei sich: wie taktvoll, daß sie nicht von ihrem Bruder anfängt.

Die beiden gingen während des Ausflugs einander nicht von der Seite. Sie standen auch zusammen, als nachher im Freien Erfrischungen gereicht und Reden gehalten wurden. Die Festfreude stieg Jörgen Thiis zu Kopf. Man kam zu ihm und stieß mit ihm an, und er wurde sentimental und redete. Auf das Ideal, das ewige Ideal. Glücklich der Mann, dem es schon in seiner Jugend begegne! Er trage es in seiner Brust wie einen wegweisenden, unauslöschbaren

Scheinwerfer auf dem Pfade des Lebens!Er trank das Glas bis zum Grunde aus und schleuderte es bleich und bewegt zu Boden.

Dieser fürchterliche Ernst kam den fröhlichen Menschen so unerwartet, daß sie lachen mußten. Alle miteinander!

Fräulein Röy sagte zu Mary: "Sie sind doch viel mit Leutnant Thiis zusammen gewesen?""Diesen Winter und im vorigen auch", antwortete Mary leichthin und aß ihr Eis.

Ein junges Mädchen stand daneben. "Es ist eine merkwürdige Sache mit Jörgen Thiis", sagte sie. "Zu uns ist er so nett; aber gegen die Soldaten soll er so schlecht sein." Erstaunt wandte Mary sich zu ihr um. "Wieso schlecht?""Er soll sie so quälen, soll so furchtbar streng sein und so ganz sonderbar, und um das kleinste strafen." Mary richtete ihre allergrößten Augen auf Margrete Röy. "Ja, das ist Tatsache", antwortete die leichthin; sie aß auch ihr Eis.

Als gegen Abend der Tanz zu Ende war und sie zum Schiff hinunterzogen, Mary an Jörgens Arm, da sagte sie zu ihm: "Ist es wahr, daß die Mannschaften Ihres Kommandos über Sie klagen?""Das kann schon sein, gnädiges Fräulein." Er lachte."Ist das zum Lachen?""Ja, zum Weinen jedenfalls nicht, gnädiges Fräulein", er war so recht vergnügt, er hätte sie am liebsten in den Arm genommen und wäre mit ihr nach der Landungsstelle hinunter getanzt; das taten viele andere auch. Aber Mary weigerte sich. "Mir hat es weh getan, das zu hören", sagte sie. Da merkte er, daß es ihr Ernst war. "Ich will Ihnen sagen, gnädiges Fräulein, der Norweger weiß im großen und ganzen nicht, was Gehorsam und Disziplin sind. In der kurzen Zeit, da wir ihn unter unserm Kommando haben, müssen wir es ihm beibringen.""Auf welche Weise?""Mit Kleinigkeiten natürlich.""Indem Sie ihn mit Kleinigkeiten quälen?""Ja. Ganz recht.""Mit Dingen, deren Notwendigkeit er nicht einsieht?""Ja gewiß. Er soll sich das Räsonnieren abgewöhnen. Er soll gehorchen. Und das, was er tut, soll er korrekt tun. Absolut korrekt."

Mary antwortete nicht. Aber als jetzt ein Paar an ihre Seite kam, sprach sie mit denen und setzte das fort, bis sie die Landungsbrücke erreicht hatten.

Auf dem Schiff sah sie, daß Jörgen Thiis verstimmt war. Als sie von Bord gingen, stand er nicht an der Landungsbrücke. Ohne jede Verabredung begleitete die ganze Gesellschaft sie heim nach dem Haus am Markt. Sie sangen und lärmten vor der Tür, bis sie auf den Altan heraustrat und Blumen über sie streute,die mitgebrachten und alle, die sie irgend fand. Sie gingen lachend und geräuschvoll auseinander. Aber als sie von dannen zogen, suchte sie unter ihnen nach Jörgen; er war nicht da. Das tat ihr leid; sie hatte ihm einen der schönsten Tage ihres Lebens schlecht gelohnt. Alle waren so reizend zu ihr gewesen.

Größere und kleinere gesellschaftliche Zusammenkünfte lösten jetzt einander ab; aber Jörgen Thiis war verschwunden. Zuerst war er eine Zeitlang daheim bei seinen Eltern gewesen, jetzt war er in Kristiania. Mary hatte nie weiter an Jörgen Thiis gedacht; aber nun, da er sich fernhielt, besann sie sich darauf, wieviel von jenen schönen Begegnungen mit ihren Altersgenossen auf sein Konto kam. Der wunderliche Toast, den er auf die "Treue gegen das Ideal" ausgebracht hatte, ... als er sprach, da hatte sie nur gedacht: wie sentimental Jörgen Thiis doch sein kann! Jetzt dachte sie: vielleicht galt das mir? Sie war an solche Übertreibungen gewöhnt, und sie machte sich absolut nichts aus Jörgen Thiis. Aber wenn sie überlegte, wie rasend verliebt er schon bei ihrem ersten Zusammentreffen gewesen war, und daß er in all diesen Jahren genau so geblieben war, wann und wo sie sich auch begegneten, da wurde das doch ein wenig mehr. Die gierigen, verzehrenden Augen bekamen dadurch beinahe etwas Rührendes. Daß er es nicht ertrug, mit ihr zusammen zu sein, wenn sie das geringste gegen ihn hatte, bewies ja auch, wie gern er sie hatte. Daß er nichts sagte, sondern einfach fortblieb, gefiel ihr.

Da kam eines Tages Mille Falke, die hübsche, sanfte Frau des lungenkranken Oberlehrers, zu ihr heraus. Sie habe einen Brief von Jörgen Thiis bekommen. Eine Gesellschaft von zehn Personen in Kristiania habe eine Fahrt nach dem Nordkap geplant. Sie hätten schon vor zwei Monaten die Plätze bestellt,und jetzt sei etwas dazwischen gekommen. Man habe Jörgen Thiis gefragt, ob er nicht die Billets übernehmen und zehn Personen heranholen könne, um mit ihnen diese herrliche Fahrt zu machen. Unten in den Kleinstädten lebe man in besserer Kameradschaft, da sei es leichter, eine solche Gesellschaft zusammenzubringen. Jörgen Thiis habe sich bereit erklärt,wenn Mary Krog dabei sein wolle; er wisse, dann bekomme man die andern schon zusammen.

Frau Falke setzte Mary das in ihrer Schmeichelkatzenart auseinander, der nur wenige widerstehen konnten. Mary hatte freilich nicht die geringste Lust, in der Sommerhitze auf dem Deck eines Dampfers zu sitzen und alles abzubrechen, was hier unternommen wurde; es war gar zu nett. Aber sie wollte Jörgen Thiis nicht gern noch einmal kränken. Sie sprach mit ihrem Vater und mit Frau Dawes: sie hörte noch einmal Frau Falke anund willigte ein.

In der ersten Hälfte des Juli versammelte sich die Gesellschaft eines Nachts an Bord eines Küstendampfers, der sie nach Bergen bringen sollte. Von dort wollte man die Reise antreten. Es waren sechs Damen und vier Herren. Eine der Damen war die würdige Vorsteherin der Schule, die Mutter des einen Herrn und die ehemalige Lehrerin von drei der Damen. Sie war das moralische Zentrum. Dann war ein jungverheiratetes Paar da, das die ganze Reise über geneckt wurde. Es lohnte sich; denn beide waren sehr lebhaft und gaben es reichlich zurück. Ein junger Kaufmann schnitt zwei Damen die Kurbehauptete man wenigstensohne sich klar zu werden, welche er am liebsten mochte. Das zu entscheiden, half ihm die ganze übrige Gesellschaft; die beiden Damen am eifrigsten. Ein junger Philologe wurde gleich in der ersten Nacht auf dem Küstendampfer "der Verlassene" getauft. Mit Ausnahme der alten Dame machten alle anderen einen furchtbaren Radau, und keiner tat ein Auge zu. Er allein konnte nicht tanzen und auch nicht singen und auch nicht die Kur schneiden. Er konnte nicht mal vertragen, wenn man ihm den Hof machte, dann wurde er nämlich verlegen. Die Folge war, daß alle, auch Mary, "dem Verlassenen" den Hof machten, bloß um sich an seinem jämmerlichen Zustand zu weiden. Der Urheber dieser Scherze war immer Jörgen Thiis; er neckte so leidenschaftlich gern. Seine Erfindungsgabe in dieser Beziehung konnte man nicht immer frei von Bosheit nennen.

Im Anfang ging er frei aus. Aber nach und nach wagte sich sogar "der Verlassene" an ihn heran. Über seinen Appetit, seine Herrschsucht und besonders über seine untertänige Dienerrolle Mary gegenüber wurde allgemein gestichelt. Mary hatte die wachsamen Augen der Krogs für Übertreibungen, so daß sie mitlachte, auch wenn es über die Untertänigkeit gegen sie herging. Er ließ sich nicht im geringsten stören. Er aß genau soviel, war genau so pedantisch als Führer der Gesellschaft und blieb unerschütterlich Marys erfinderischer, unablässig hilfsbereiter Diener.

Das Schiff war voll Passagiere; darunter viele Ausländer. Aber die fröhliche Gesellschaft von Jörgen Thiis wurde der Mittelpunkt. Die Natur machte so häufig Anspruch auf die Bewunderung der Reisenden, daß nicht allzu große Reibungen vorkamen. Es war, als werde etwas Gewaltiges vorgetragen. Ein Wunder löste das andere ab. Dazu kam der lange Tag. Die Nächte wurden immer kürzer; schließlich gab es überhaupt keine Nacht mehr. Sie fuhren in lauter Licht hinein, und das berauschte. Sie wurden nicht müde. Sie tranken, sie tanzten und sangen; schließlich waren sie alle auf denselben Ton gestimmt. Es wurden Vorschläge gemacht, die sonst unmöglich gewesen wären; in die Wildheit der Landschaft, in den Rausch von Licht paßten sie hinein. Als Mary eines Tages bei starkem Sturm ihren Hut verloren hatte, sprangen zwei Herren ihm nach. Der eine war natürlich Jörgen Thiis. Die Gemüter waren hoch über den Alltag hinaus gespannt. Wenn einer oder der andere müde wurde, schlief er Tage und Nächte durch. Aber die meisten hielten aus, jedenfalls solange es vorwärts ging. Unter ihnen Mary.

Jörgen Thiis hatte es durch seine ehrerbietige Energie dahin gebracht, daß alle Leute Mary mehr oder weniger genau so behandelten wie er selbst. Es kam auch nicht die geringste Störung vor, was besonders ihrer eigenen formvollendeten Art und ihrer aufmerksamen Rücksichtnahme zu danken war.

Als sie von Bord gingen und wieder den Küstendampfer bestiegen, forderte sie aus dem Gefühl aufrichtiger Dankbarkeit Jörgen Thiis auf, mit ihr nach Krogskog zu kommen. "Ich kann nicht so plötzlich Schluß machen", sagte sie.

Und er blieb mehrere Tage dort. Alles fand er schön und behaglich. Der Kunstsinn, der ihm eigen war, ging mehr aufs kleine; er schwärmte z.B. für ethnographische Schnurrpfeifereien, und deren gab es hier eine Menge. Die Zimmer und ihre Einrichtung waren so ganz nach seinem Geschmack. Frau Dawes, der gegenüber er frei heraus redete, vertraute er sich an; dies Behagliche, Gedämpfte stimme ihn erotisch, sagte er. Er phantasierte viele Stunden lang auf dem Klavier; und immer in dieser Richtung.

Mary behandelte er unter vier Augen mit der gleichen Ehrerbietung wie in Gegenwart anderer. Seit sie ihn kannte, hatte sie nicht ein einziges Wort von ihm gehört, das als Einleitung zu einer Werbung aufgefaßt werden konnte; ja nicht einmal ein Wort, das eine Einleitung zur Einleitung hätte darstellen können. Und das gefiel ihr.

Sie streiften zusammen durch Wald und Feld; sie ruderten zusammen zum Besuch bei Verwandten. Er hatte den Schlüssel zu ihrem Badehaus. Er ging hin, wenn noch keiner auf war, oft nach ihren Spaziergängen noch einmal.

Mary selbst war umgänglicher geworden. Er sagte es einmal. "Ja,"antwortete sie, "die jungen Menschen hier leben mehr wie ein Geschwisterkreis zusammen und sind daher anders, freier und frischer. Das hat mich angesteckt."

Eines Morgens mußte er zur Stadt und Mary begleitete ihn. Sie wollte Onkel Klaus, seinen Pflegevater, besuchen. Sie hatte ihn, seit sie heimgekommen war, noch nicht gesehen.

Er saß in einer Rauchwolke wie eine Spinne in ihrem grauen Netz. Er sprang auf, als er Mary eintreten sah, war beschämt und führte sie in die gute Stube. Jörgen hatte Mary darauf vorbereitet, daß er schwerlich guter Laune sei; er habe wieder kleine Verluste gehabt. Sie saßen auch kaum in der kahlen, steifen guten Stube, als er anfing, über die schlechten Zeiten zu klagen. Wie seine Art war, machte er den Rücken krumm und spreizte die Beine auseinander, um die Ellbogen auf die Knie stützen und die langen Finger gegeneinander stemmen zu können."Ja, Sie haben es gut; Sie amüsieren sich bloß!" Vielleicht wollte er das wieder gutmachen. Er sagte: "Ich habe nie ein schöneres Paar gesehen!"

Jörgen lachte, wurde aber rot bis an die Schläfen. Mary saß unbeweglich; es berührte sie nicht.

Jörgen begleitete sie zurück nach dem Krogschen Haus am Markt, das dicht daneben lag. Er sagte unterwegs kein Wort und verabschiedete sich flüchtig. Später kam Nachricht von ihm, er müsse bis zum Abend in der Stadt bleiben; dann fahre er mit seinem Rade nach Krogskog hinaus. Das war gegen die Verabredung; aber sie fuhr heim.

Auf der Dampferfahrt nach Hause nahm sie den Gedanken auf: Jörgen Thiis und sie ein Paar? Nein! Das war ihr noch nie in den Sinn gekommen. Er war ein schöner eleganter Kerl, ein tadelloser Kavalier, ein wirklicher Künstler auf dem Klavier. Über seinen hellen Kopf und seinen Takt war nur eine Meinung. Selbst das, was sie früher so abgestoßen hatte, seine Genußsucht, die in Blick und Mienen auftauchen und ihnen dies Verzehrende geben konnte, von dem sie sich abwandte ... vielleicht war von dieser Grundlage aus das andere kultiviert worden? Das Gefühl für das Vollkommene in Kunst, Disziplin und Sprache? Aber doch blieb da etwas Unaufgeklärtes. Es war ihr gleichgültig, was es war; denn sie warf all diese Betrachtungen über Bord. Es ging sie nichts an.

Sie hatte eine Bauernfrau gesehen, die in ihrer Jugend bei ihnen gedient hatte; zu der setzte sie sich. Die Frau freute sich: "Na, wie geht es Ihrem Vater? Jetzt bin ich so alt geworden; aber ich sage, soviele ich kennen gelernt habe,einen netteren Mann als Ihren Vater habe ich nie getroffen. Er ist und bleibt der Beste."

Das kam so unerwartet und so warm heraus, daß es Mary rührte. Die Frau erzählte dann eine Geschichte nach der anderen von der Güte ihres Vaters und von seinem rücksichtsvollen Wesen. Sie hatte solange zu erzählen, bis sie da waren. Zuerst dachte Mary, etwas Schöneres sei ihr lange nicht widerfahren. Aber dann wurde ihr bange. Sie hatte fast vergessen, wie sehr sie selbst ihn liebte, hatte sich abgewöhnt, ihm das zu zeigen. Warum? Warum war sie von soviel anderem in Anspruch genommen und nicht von ihm, der der Liebste und Beste von allen war?

Sie lief eilig nach dem Hause hinauf. Obwohl der Vater kränklich war, war sie in letzter Zeit fast nie bei ihm gewesen.

Als sie näher kam, sah sie Jörgens Rad an der Treppe stehen und hörte ihn spielen. Aber sie eilte vorbei zu ihrem Vater hinein, der in seinem Arbeitszimmer am Pult saß und schrieb. Sie schlang die Arme um ihn und küßte ihn, blickte ihm in die guten Augen und küßte ihn noch einmal. Mit ihrem scharfen Sinn für Komik lachte sie, als sie sein Erstaunen sah. "Ja, sieh mich nur an, denn ich tue es gar so selten. Aber es ist trotzdem wahr, daß ich Dich grenzenlos lieb habe." Wieder küßte sie ihn. "Mein liebes Kind!" sagte er und lächelte mitten in dem Überfall vor sich hin. Er war glücklich, das merkte sie. Allmählich kam in seine Augen das eigentümliche Leuchten, das keiner wieder vergessen konnte. Sie dachte bei sich: dies tue ich fortan jeden einzigen Tag.

Jörgen und sie hatten eine Radtour in die Umgegend verabredet. Am nächsten Tage waren sie unterwegs. Der Verwandte, zu dem sie kamen, ein Kompagniechef, freute sich sehr über den Besuch. Sie mußten zwei, drei Tage dableiben. Die junge Welt aus der Nachbarschaft wurde dazu geladen und es kam eine Partie auf die Alm zustande,wieder für Mary etwas Neues. "Ich kenne alle Länder, nur mein Vaterland nicht." Im nächsten Jahr wollte sie aber eine Reise durch Norwegen machen; dazu brauchte sie keine besondere Reisebegleitung. Mit dieser Aussicht wurde es eine königliche Heimfahrt.

Gerade als Jörgen und sie ihre Räder an die Balustrade anlehnten, kam die kleine Nanna aus der Tür gelaufen und eilig die Treppe herunter. Sie weinte, bemerkte aber die Ankommenden nicht; sie wollte nach der andern Seite. Als Mary rief: "Was ist los?" blieb sie stehen und schluchzte: "Oh, kommen Sie, kommen Sie, ich sollte jemand holen!" Ebenso schnell wieder die Treppe hinauf, um zu verkünden, daß sie jetzt kämen. Jörgen hinterdrein, dann Mary. Es ging durch das Vorzimmer, die Treppe hinauf, den Gang entlang bis zur letzten Tür rechts. Da drinnen lag

Anders Krog auf dem Fußboden, und neben ihm kniete schluchzend Frau Dawes. Er hatte einen Schlaganfall bekommen. Jörgen hob ihn auf, trug ihn auf sein Bett und legte ihn zurecht. Mary aber stürzte wieder hinunter ans Telephon wegen des Doktors.

Der Doktor war nicht zu Hause; sie suchte ihn überall. Dazwischen schrie in ihr die Verzweiflung, daß sie nicht bei ihm gewesen war, als dies geschah. Sie hatte sich doch gerade das Versprechen gegeben, jeden Tag lieb zu ihm zu sein,und hatte ihn doch verlassen! Ja, noch heute hatte sie sich auf den nächsten Sommer gefreut, wo sie ohne ihn im Lande herum reisen wollte. Was war aus ihr geworden? Was war los mit ihr?

Sobald sie den Doktor gefunden hatte, eilte sie zum Vater zurück. Da war er ausgezogen, und Jörgen war fort. Frau Dawes aber saß am Kopfende des Bettes auf einem Stuhl mit einem Brief in der Hand, grenzenlos unglücklich. Kaum gewahrte sie Mary, so reichte sie ihr den Brief, ohne die Blicke von dem Kranken zu wenden.

Der Brief war aus Amerika von einem Mary unbekannten Mann, der ihnen mitteilte, daß Bruder Hans ihr und sein Vermögen verloren habe. Er selbst sei schwachsinnig, sei es sicher schon lange gewesen.

Mary war es bekannt, daß es in der männlichen Linie der Familie Krog nichts Außergewöhnliches war, wenn alte Leute geistesschwach wurden. Aber sie war erschrocken, daß ihr Vater keine Kontrolle geübt hatte! Auch das war ein bedenkliches Zeichen.

Ihr Vater mußte mit diesem Brief auf dem Wege zu Frau Dawes gewesen sein, als ihn der Schlag gerührt hatte. Die Tür war nämlich geöffnet, und er lag dicht daneben.

Mary las den Brief zweimal und wandte sich an Frau Dawes, die saß und weinte. "Ja, ja, Tante Eva,das muß getragen werden.""Getragen werden? Getragen werden? Was meinst Du? Das Geld? Das lumpige Geld! Aber Dein Vater! Dieser herrliche Mensch, mein bester Freund!" Sie blickte unverwandt auf seine geschlossenen Augen und weinte unaufhörlich, während sie ihm die zärtlichsten Namen gab, die höchsten Lobesworte, aber auf englisch. In der fremden Sprache fielen die Worte wie aus einer fernen Zeit über ihn; Mary lag auf den Knien daneben und las sie auf. Sie brachten von jedem Tage in dem Zusammenleben der beiden Alten die Entbehrungen, den Dank,einen Niederschlag dessen, was sie an guten Worten, an freundlichen Blicken, an Gaben und Nachsicht empfangen hatte. Es kam so reich und so warm heraus mit der freudigen Kraft des guten Gewissens; denn Frau Dawes hatte versucht, ihm alles zu sein, so weit es in ihren Kräften stand. So goldene Worte jetzt über Marys Haupt ihm zu Ehren ausgeschüttet wurden, sie selbst machten sie arm. Denn sie war ihm so wenig gewesen. Oh, wie sie es bereute, wie verzweifelt sie war.

Jörgen Thiis erschien draußen auf dem Gange, gerade als sie aufstand. Sie bückte sich nach dem Brief und wollte ihm das Papier geben, als Frau Dawes, die ihn auch gewahrte, ihn bat, sie in ihr Zimmer zu führen; sie müsse auch zu Bett. "Gott weiß, wann ich wieder aufstehe! Wenn es mit ihm zu Ende ist, ist es mit mir auch vorbei."

Jörgen eilte herzu, nahm die schwere Masse aus dem Stuhl auf und segelte langsam mit ihr ab; er klingelte nach einem Mädchen, das sie dann zu Bett brachte; er selbst ging zu Mary zurück. Sie stand unbeweglich da mit dem Brief in der Hand, den sie ihm jetzt hinreichte.

Er las ihn aufmerksam und wurde bleich. Ja, er war eine Weile wie betäubt; Mary trat ein paar Schritte näher an ihn heran; aber er merkte es nicht. "Das hat den Schlaganfall verursacht", sagte sie.

"Natürlich", flüsterte er, ohne sie anzusehen. Gleich darauf ging er.

Mary stand wieder neben ihrem Vater. Sein schönes, feines Gesicht rief nach ihr; sie warf sich wieder über ihn und schluchzte. Denn ihm, den sie am liebsten hatte, war sie am wenigsten gewesen. Vielleicht nur, weil er selbst nie an sich gedacht hatte?

Sie verließ ihn nicht, bis der Doktor kam und mit ihm die Pflegerin. Da ging sie zu Frau Dawes hinein.

Frau Dawes war verzweifelt und elend. Mary wollte sie trösten, aber sie unterbrach sie heftig: "Ich habe es zu gut gehabt. Ich bin mir zu sicher gewesen. Jetzt kommt der Ernst!" Mary erschrak bei diesen Worten; denn das hatte ihr die ganze Zeit auf dem Herzen gelegen.

"Du verlierst uns beide, armes Kind! Und Dein Vermögen auch!" Mary war es nicht lieb, daß sie das Vermögen erwähnte. Frau Dawes fühlte das und sagte: "Du verstehst mich nicht, armes Kind! Es ist nicht Deine Schuld, es ist unsere. Wir haben Dir zu viel Willen gelassen. Aber Du warst auch so häßlich, wenn wir es nicht taten."

Mary blickte erschrocken auf: "Ich häßlich?"Frau Dawes: "Ich habe es Deinem Vater gesagt, Kind, ich habe es ihm oft gesagt. Aber er war so herzensgut, er beschönigte immer alles."

Jörgen kam mit dem Doktor herein. "Wenn irgend etwas hinzutritt, kann es vorbei sein, gnädiges Fräulein.""Bleibt er gelähmt?" fragte Frau Dawes.Der Doktor wich der Frage aus; er sagte nur: "Jetzt ist vor allem Ruhe nötig." Es wurde still nach dieser Erklärung.

"Gnädiges Fräulein dürfen nicht bei dem Kranken wachen, lieber zwei Pflegerinnen." Mary antwortete nicht. Frau Dawes fing wieder zu weinen an: "Ja, jetzt kommen andere Tage."

Der Doktor ging, begleitet von Jörgen Thiis. Als Jörgen zurückkam, fragte er leise: "Soll ich auch fort,oder kann ich irgendwie nützen?""O nein, verlassen Sie uns nicht!" jammerte Frau Dawes. Jörgen blickte Mary an, die nichts sagte; sie schaute auch nicht auf. Sie weinte leise vor sich hin.

"Sie wissen, gnädiges Fräulein," sagte Jörgen Thiis ehrerbietig, "daß ich keinem Menschen lieber zu Diensten sein möchte.""Das wissen wir, lieber Freund, das wissen wir", schluchzte Frau Dawes.

Mary hatte den Kopf erhoben; aber bei Frau Dawes' Worten schwieg sie.

Als Mary nachher aus Frau Dawes' Stube kam, öffnete Jörgen eben die Tür seines Zimmers, das Marys gerade gegenüber lag. Er blieb in der weit geöffneten Tür stehen, so daß sie den gepackten Koffer hinter ihm sehen konnte. Sie stand still: "Sie wollen fort?""Ja", antwortete er."Hier wird es jetzt still." Er wartete auf mehr; aber mehr kam nicht. "Jetzt beginnt die Jagdsaison. Ich hatte Ihren Vater fragen wollen, ob ich in seinen Wäldern jagen dürfe.""Wenn Ihnen meine Erlaubnis genügt, steht dem nichts im Wege.""Tausend Dank, gnädiges Fräulein! Ja, da darf ich doch auch mal hierherkommen?" Er verneigte sich tief und nahm ihre Hand.

Dann ging er zu Frau Dawes hinein, um ihr Adieu zu sagen. Da blieb er mindestens zehn Minuten. Er kam gerade wieder heraus, als Mary zu ihrem Vater hinüberging.

Als sie über ihren Vater gebeugt stand, regte er sich und schlug die Augen auf. Sie kniete hin: "Vater!" Er schien nachzudenken und versuchte zu sprechen; es gelang ihm aber nicht. Sie sagte eilig: "Wir wissen es,alles, Vater. Aber hab' deswegen keine Sorge! Uns wird es trotzdem an nichts fehlen." Seine Augen bewiesen, daß er verstanden hatte, wenn auch langsam. Er wollte die Hand erheben, merkte aber, daß er es nicht konnte. Er blickte sie schmerzlich erstaunt an; sie beugte sich über ihn, küßte ihn und weinte.

Aber es wurde unglaublich schnell besser. War es Marys Gegenwart und ihr stetes Mühen um ihn, was ihm half? Die Krankenpflegerin behauptete es.

Jetzt kam eine Zeit, in der sie unermüdlich war in ihrer Sorge um die beiden Kranken; zugleich aber trat sie die Verwaltung von Haus und Hof an. Sie übernahm die Buchführung und die Oberaufsicht. Sie fühlte sich wohl dabei, denn sie hatte Talent, Ordnung zu schaffen und zu dirigieren. Frau Dawes war sehr erstaunt darüber.

Keine Sorge um die Zukunft, keine Sehnsucht nach alledem, was hinter ihr lag. Sie sagte allen, die sie bedauerten, es sei freilich hart, daß die beiden Alten krank seien; aber sonst gehe es ihr so gut, wie sie es sich nur wünschen könnte.

An einem ungewöhnlich warmen Tage Anfang August hatte sie von morgens an sehr viel zu tun gehabt. Sie hatte Sehnsucht, sich ins Wasser zu stürzen, sowie sie Zeit hatte.

Zwischen fünf und sechs liefen sie hinunter, die kleine Nanna und sie. Zuerst waren sie beide zusammen im Badehause; der kleinen Nanna machte es solche Freude, wenn sie mit Marys schönem Haar zu tun hatte; heute durfte sie es auflösen. Dann lief sie den Hügel hinauf bis an den großen Stein, um von dort aus nach beiden Seiten Wache zu halten. Mary mochte nichts anhaben, sondern wollte nach Herzenslust plätschern und schwimmen. Sie nahm den Weg nach der Insel. Von dort aus konnte sie selbst zu beiden Seiten die Einfahrt und die Wege übersehen. Alles still, keine Gefahr. Also wieder zurück.

Die See umschmeichelte sie und trug sie, die Sonne spielte auf ihren Armen, die das Wasser teilten; das Land vor ihr lag herbstsatt da mit seinem fetten Heu; Seevögel schwebten in der Bucht, andere kreischten über ihr. "Und mir graute so vor dem Alleinsein"

Als sie ans Ufer kam, mochte sie nicht heraus; sie legte sich auf den Rücken und ruhte sich aus. Dann ein paar Stöße und wieder eine Ruhepause. Der Strand war so einladend; sie legte sich in die Sonne. Den Kopf halb auf einem Stein, das Haar herabfließend. O, wie schön das war! Aber irgend etwas mahnte sie, aufzusehen. Sie hatte keine Lust dazu. Aber sie mußte doch wohl einmal dahin sehen, wo das Mädchen saß. Ach, was kümmerte sie das! Nanna hielt ja Wache. Aber soviel wurde doch dadurch bewirkt, daß das Wohlbehagen ihr verloren ging; sie machte ein Ende. Als sie aufstand, um auf die Badehaustreppe zuzugehen, gewahrte sie hinter dem großen SteinJörgen Thiis im Jagdanzug mit dem Gewehr über der Schulter! Das kleine Mädchen stand aufrecht auf dem Stein, ohne sich zu rühren; sie starrte ihn an, als sei sie festgenagelt.

Eine heiße Blutwelle durchflutete MaryZorn und Abscheu. War er schamlos? Oder hatte er den Verstand verloren? Äußerlich tat sie, als habe sie nichts gesehen,warf sich kopfüber in die See und schwamm auf die Treppe zu, hielt sich ruhig daran fest,und verschwand.

Aber ihr Atem ging heftig; ihr war so heiß, daß sie vergaß, sich abzutrocknen, sich anzuziehen. Sie geriet in immer größere Hitze, schließlich kochte sie vor Rachsucht und Wut. Der galante Jörgen Thiis wagte sie zu beleidigen, wie sie noch nie im Leben beleidigt worden war.

Sie schlug sich solange mit diesem sinnlosen, unehrenhaften Überfall herum, bis sie mitten in Vorstellungen war, die sie weit fortführten. Sie stand wieder vor der kraftvollen Gestalt des Athleten, sie fühlte wieder Alices wissende Augen auf sich ruhen. Sie zitterte,als sie einen Schrei des Kindes da oben hörte. In ihrer Erregung war sie nahe daran, auch zu schreien. Was konnte da nur los sein? Auf die Seite ging kein Fenster hinaus. Aus der Tür zu sehen, wagte sie nicht, denn sie hatte nichts an. Nie hatte sie sich so mit dem Anziehen beeilt, aber gerade deshalb ging ihr alles verkehrt, und es zog sich in die Länge. Sie mochte nicht halbangekleidet vor Jörgen Thiis hintreten.

Als sie eben soweit war, daß sie daran denken konnte, die Tür aufzumachen, hörte sie auf der Landungsbrücke das Tripp-Trapp der kleinen Nanna. Mary riß die Tür auf, die Kleine kam hereingestürzt und warf sich ihr gleich in den Schoß. Da versteckte sie den Kopf und weinte und schluchzte, daß sie kein Wort herausbringen konnte.

Mary gelang es, sie zu beruhigen, besonders als sie ihr versprach, sie dürfe jetzt ihr Haar kämmen. Da erzählte sie, der Herr Leutnant habe hinter dem Stein gestanden, bis sie es bemerkt habe. Sie habe gesessen und gesungen und habe ihn gar nicht kommen hören. Er habe ihr gedroht. Ach, und sie habe solche Angst gehabt, denn er habe so böse ausgesehen! Ach, so böse habe er ausgesehen! Kaum sei Mary ins Haus gegangen, da sei er hinuntergestürmt, direkt auf das Haus zu!

"Jörgen Thiis?"

"Dann schrie ich aus Leibeskräften! Da stand er still. Aber dann drehte er sich um und kam auf mich zu. Ich hinunter vom Stein und hinein in den Wald" Sie konnte nicht weitersprechen. Sie verbarg wieder den Kopf in Marys Schoß und weinte.

Das wurde ja immer schlimmer! Marys Verstand konnte es anfangs kaum fassen.

Nach und nach aber ging ihr ein Licht aufer mochte ein anderer sein. Er trug eine rasende Leidenschaft in sich. Er hatte den Mut starker Rücksichtslosigkeit. Wenn er nun gekommen war, um...?

Stolz und stark, wie sie sich kannte, hätte das für ihn die Verbannung auf immer bedeutetnichts anderes.

Aber auf dem Heimwege ließ sie Nanna vorausgehen. Aus dem einfachen Grunde, weil sie kaum einen Fuß vor den anderen setzen konnte,so stürmten die Gedanken auf sie ein.

Wie konnte ein Mann sich tagtäglich so beherrscheneiner so gewaltigen Begierde gegenüber? Eine lange, lange Anhäufung mußte vorauf gegangen sein; sonst hätte er nicht einem so unerhörten Überfall auf sich selbstund auf sieunterliegen können!

In diesen ganzen Jahren war er also von Begierde entflammt gewesen? Seine Huldigungen, seine Ehrerbietigkeit, seine steten Bemühungen um siewar das alles Rauch aus dem unterirdischen Krater? Der eines schönen Tages lohende Steine und glühende Asche ausspeit!

Also Jörgen Thiis war gefährlich? Er wurde nicht kleiner dadurch; er stieg! Der Zwang, den er sich auferlegt hatteihr zu Ehren, war löblich! Wenn die Versuchung eines Tages den rebellischen Kräften das Tor öffnetekonnte sie ihm deswegen eigentlich böse sein?

Den ganzen übrigen Tag, ja noch als sie sich auszog, dachte sie darüber nach. Am ändern Tage faßte sie den Entschluß, jetzt müsse es ein Ende haben. Es wurde etwas in ihr aufgewühlt, das sie schon einmal zurückgedämmt hatte; das Tempo durfte nicht unterbrochen werden, in dem sie sich ihr Leben einzurichten wünschte. Deshalb nahm sie ihre Arbeit energischer als je wieder auf, ja sie machte sich noch mehr zu schaffen. Sie sah nämlich die Bücher ihres Vaters und die losen Aufzeichnungen durch (deren es reichlich viele gab!), sie wollte Klarheit haben, wie die Dinge im ganzen standen. Er hatte doch auch hier Vermögen, und er konnte unmöglich alles verbraucht haben, was er aus Amerika bekommen hatte. Aber sie fand das Gesuchte nicht. Den Vater durfte sie nicht damit behelligen, und Frau Dawes wußte nicht Bescheid.

Aber so eifrig sie bei der Sache war,etwas vom gestrigen Tage schlich sich hinein. Jörgen hatte natürlich baden wollen, nach dem Bade heraufkommen und sie begrüßen. Nach dem, was vorgefallen war, kam er nicht. Kam er überhaupt wieder? Ohne besonders aufgefordert zu sein? Er hatte sich ja einstweilen zur Genüge verrannt. Sie hörte an den folgenden Tagen in der Umgegend schießen. Manche sagten auch, es werde in größerer Entfernung geschossen. Aber er kam am zweiten Tage nicht, kam am dritten nicht und am vierten auch nicht. Ihr gefiel das.

Weil ihre Gedanken so oft auf den Höhen und im Walde waren, stieg sie eines Tages kurz vor dem Mittagessen hinauf. In der letzten Hälfte des August ist der Wetterumschlag im südlichen Norwegen häufig sehr kraß. Es war jetzt kalt; sie empfand es als eine Erfrischung, im Nordwind, der sie umspielte, bergan zu steigen. Sie stieg etwas unterhalb der Häuser hinauf, da ging es leichter. Sie kletterte rasch, sie war daran gewöhnt und sehnte sich, höher hinaufzukommen, im Winde zu stehen und über das aufgerührte Meer hinzuschauen. Schon von der ersten Anhöhe aus genoß sie den Blick auf die Halden, wo die Leute das Heu zum Trocknen ausbreiteten, über die Bucht, die Inseln, das Meer, das heute ganz schwarz war und viele Segler und etliche Dampfer trug. Doch über ihr machten die Krähen einen schauderhaften Lärm; da saß man sicher zu Gericht. Sie sah eine und die andere durch die Luft schießen und weiter gegen Norden zwischen den Hügeln verschwinden. Der Spektakel wurde immer schlimmer, je höher sie kam. Da beeilte sie sich; vielleicht konnte sie den Verbrecher retten. Ganz aufgeregt war sie, so daß es ihr kalt über den Rücken lief. Sie meinte, wenn sie um den nächsten Vorsprung herum sei, müsse sie sie sehen können. Statt dessen sah sie, als sie den Kopf hinübersteckte, ein gut Stück von ihr etwas weiter nördlich einen Mann auf dem Bauch liegen, direkt über den Häusern. Das war Jörgen Thiis! Zuerst duckte sie sich; aber dann stieg ein fröhliches Rachegefühl in ihr auf, und in diesem Gefühl eilte sie schnell entschlossen hinan. Er gewahrte sie und sprang verwirrt und beschämt in die Höhe, riß die Mütze herunter, setzte sie wieder auf und wußte nicht, wo er hinsehen oder sich hinwenden sollte. Sie kam langsam näher und weidete sich an ihm. Schon von weitem rief sie: "Auf die Art also gehen Sie auf Jagd?Vielleicht wollen Sie unsere Hühner schießen?" Als sie näher kam: "Sie haben keinen Hund bei sich? Ach nein, unsere Hühner können Sie ja auch ohne Hund schießen. Oder haben Sie etwa überhaupt keinen Hund?"

"Doch,aber heute bin ich nicht zum Jagen hergekommen. Ich habe genug."

Diese einfachen, sanftmütigen Worte, bei denen er sie nicht anzusehen wagte, warfen ihre Gefühle über den Haufen. Sie wollte ihn nicht quälen. Sie hatte genug von der Tyrannei des Onkels gehört.

Die Krähen rasten schlimmer als bisher. "Hören Sie nur! Da wird Gericht gehalten! Daß Sie dem armen Sünder nicht zu Hilfe kommen!""Da haben Sie wahrhaftig recht!" sagte er, froh, daß er loskam. Er bückte sich nach seinem Gewehr und lief davon. Sie hinterdrein. Erst eine kleine Anhöhe hinan, dann den Weg entlang. Um zwei alte Bäume herum tobten die grauen Richter; es waren ihrer Hunderte. Aber kaum erblickten sie einen Mann mit einer Flinte, als sie krächzend nach allen Seiten auseinanderstoben. Ihre Aufgabe war beendet.

Und richtig: zwischen den beiden großen Bäumen lag zerzaust und blutig eine ungewöhnlich große Krähe in den letzten Zuckungen. Jörgen wollte sie aufheben. "Nein, fassen Sie sie nicht an!" rief Mary und wandte sich ab. Sie ging gleich wieder bis an den Abhang. Sie hörte ihn nicht nachkommen und blieb stehen: "Sie kommen doch mit und essen bei uns?" Er kam. Dann gingen sie schweigend bis an die Stelle, wo er gelegen hatte. Er fragte hastig: "Wie geht es bei Ihnen zu Hause?"Sie lächelte: "O danke, den Umstanden nach recht gut."

Aus dem Schornstein wirbelte der Rauch in die Höhe. Vornehm wirken die Dachziegel mit ihrer blauen Glasur auf den Hausern. Die großen Gärten zu beiden Seiten mit den sandbestreuten Wegen lagen da, als hätten die Hauser gestreifte Schwingen ausgebreitet. Das Ganze so lebensvoll, als werde es sich im nächsten Augenblick in die Lüfte heben. "Haben Sie lange hier gelegen?" fragte sie unbarmherzig; sie hielt es ja für eine Art Belagerung. Er antwortete nicht. Sie begann den Abstieg; hier war es ziemlich abschussig. "Soll ich Ihnen helfen?""O danke, ich bin häufiger hier gegangen als Sie."

Es wurde eine stille Mahlzeit. Jörgen aß immer sehr langsam, aber nie so langsam wie heute. Mary war mit jedem Gericht schnell fertig und saß und sah ihn an. Sagte dies und das und bekam höflich Antwort. Seine Augen, die sonst gleich Wogen über sie hinspülten, die sie in sich aufsaugen wollten ... heute hoben sie sich kaum vom Teller. Plötzlich hörte er auf. "Ist Ihnen nicht wohl?""Doch, danke; aber ich bin satt."

Wenige Minuten später kam er aus Anders Krogs Zimmer heraus. Mary war kurz vorher von Frau Dawes gekommen und hatte gerade ihr Zimmer geöffnet. Jörgen Thiis sagte: "Ich finde, gnädiges Fräulein, Ihrem Vater geht es viel besser.""Ja, er kann schon dies und das sagen und den Arm etwas bewegen."Jörgen hörte das augenscheinlich nicht. "Ist dies Ihr Zimmer?Ich habe es noch nie gesehen." Sie trat beiseite; er schaute und schaute. "Wollen Sie nicht eintreten?""Darf ich?""Bitte sehr!" Er ging bis an die Schwelle und überschritt sie langsam; Mary folgte ihm. Er stand still und atmete schwer; sie war neben ihm. War denn das Zimmer mit Spitzen überzogen? Er konnte sich gar nicht zurechtfinden. Das Bett, die Möbel, weiß mit blau, oder blau mit weiß, die Amoretten an der Decke, die Bilder, darunter eins von ihrer schönen Mutter, mit Blumen geschmückt. Und der Duft ... nicht allein von den Blumen, nein, von ihr selbst und all ihrer Habe. Sie stand in ihrem blauen Kleid,es war das mit den kurzen Ärmeln,neben ihm. In diesem reinen Duft, in diesem Farbenzauber schämte er sich. Er schämte sich so, daß er am liebsten aus dem Zimmer gestürzt wäre. Er konnte nicht Herr seiner Stimmung werden; in seiner Brust begann es zu arbeiten und zu schluchzen; ein Zittern überkam ihn. Ihm war, als müsse er in Tränen ausbrechen. Da schimmerte es von zwei weißen Armen, und er hörte etwas Leises, das auch blau und weiß und weiß und blau war. Die Tür wurde hinter ihm geschlossen, wohl um ihn zu verbergen. Da schimmerten wieder die weißen Arme und er hörte deutlich: "Aber Jörgen!Aber Jörgen!" Er fühlte eine Hand auf seinem Arm und setzte sich hin. Sie hatte wirklich "Jörgen" gesagt, zweimal "Jörgen." Jetzt strich sie ihm das Haar aus der Stirn. So weich, so blütenzart. Es löste sich etwas in ihm; alles Wunde und Harte schmolz unter ihrer Hand und zerrann. In einem unsäglichen Gefühl von Wärme. Die sich da über ihn beugte, war eigentlich die erste, die ihm beistand, seit er kein Kind mehr war. Er hatte sich so verlassen gefühlt. Solches Vertrauen zu ihm lag in dem Händedruck. So unverdient. Das tat gut! Oh wie gut das tat! Ihm träumte, er sei auch gut, sei in der Gewalt guter Mächte. Das Weiße und Blaue wölbe ein Zelt über ihm. Unter diesem Zelt nähmen diese großen, guten Augen seine Seele in sich auf. Er sagte als Entschuldigung ganz leise: "Ich konnte es nicht länger aushalten." Was er nicht länger aushalten konnte, verstand sie; sie prallte zurück.

"Mary", flüsterte er. Ohne es zu wollen, dachte er laut. Das erschreckte ihn und erschreckte sie. Sie wich weiter zurück von ihm, ihre Augen wurden unklar; es versagte da etwas. Das sah er,und ehe sie es ahnte, ehe er selbst es wußte, war er bei ihr. Er umschlang sie und preßte sie an sich. Er wurde wild, als er ihren Körper an seinem fühlte, und küßte sie, küßte sie, wo er gerade hintraf. Sie bog aus, bald nach der einer Seite, bald nach der ändern. Da bedeckte er ihren Hals mit Küssen. Sie fühlte, jetzt galt es. Einen Arm hatte sie nur frei; aber damit stieß sie ihn von sich. Gleichzeitig bog sie sich so weit nach hinten, daß sie fast gefallen wäre. Dadurch kam er über sie, das zündete, und er wollte es sich zu Nutzen machen. Aber er mußte seinen rechten Arm lösen, um sie umschlingen zu können. Gerade dadurch bekam sie ihren linken Arm frei, stemmte ihn mit aller Macht ihm gegen die Brust, daß sie sich nach der Seite wenden konnte, und stand aufrecht. Ihre Augen trafen sich. Sie waren wild, die Flammen in ihnen prallten gegeneinander. Keiner sprach ein Wort. Ihre Atemzüge gingen kurz und scharf.

"Mary!" ertönte ein Schrei draußen auf dem Gange. Das war Frau Dawes! Frau Dawes, die das Bett nicht mehr verlassen konnte,stand auf dem Flur! "Mary!" noch einmal so verzweifelt, als sei sie einer Ohnmacht nahe. Die beiden hinaus: Frau Dawes lehnte in ihrem Nachtgewand vor ihrer offnen Tür an der Wand. Sie war am Umsinken, als Jörgen Thiis herzugestürzt kam und sie unter den Arm faßte. Die Treppe herauf kam ein Mädchen nach dem andern, auch die kleine Nanna. Jörgen stand und hielt Frau Dawes, bis sie sie mit vereinten Kräften aufhoben und hineintrugen. Es war furchtbar schwer. Soviel sie hoben und schleppten, sie bekamen sie knapp über die Schwelle ins Zimmer hinein. Dann langsam weiter; aber jetzt kam noch das Allerschwerste: den Oberkörper ins Bett hineinheben; denn das wollte ihnen nicht gelingen. Immer wenn der Oberkörper auf dem Bettrand war, wollten die Beine nicht mit; dann glitt sie wieder hinunter; sie selbst half nicht ein bißchen, sie stöhnte nur. Ehe Jörgen richtig zufassen konnte, lag sie in ihrer ganzen Größe abermals am Boden. Als sie den Oberkörper wieder einmal hochgehoben hatten, aber nicht weit genug, daß er durch seine eigene Schwere liegen geblieben wäre, waren sie ganz verzweifelt; sie wußten nicht, was sie machen sollten. Das kleine Mädchen lachte laut auf und lief weg; Jörgen sandte ihr einen wütenden Blick nach. Das war selbst für Mary zuviel. Vor drei Minuten noch hatte sie wie eine Verzweifelte gekämpft,und nun überkam sie eine so unbegreifliche Lachlust, daß auch sie hinauslaufen mußte. Da stand sie mit dem Taschentuch vorm Munde und krümmte sich vor Lachen, als die Pflegerin aus dem Zimmer ihres Vaters herauskam; er wollte wissen, was los sei. Mary ging hinein. Sie konnte es ihm vor Lachen kaum auseinandersetzen, wie nämlich Frau Dawes dalag und was für Anstrengungen Jörgen und die Mädchen machten. Ihren Vater quälte die Frage, was Frau Dawes wohl auf dem Flur gewollt habe. Da verstummte Marys Lachen. Ein Mädchen kam aus Frau Dawes' Zimmer und berichtete, jetzt liege die gnädige Frau im Bett. Sie möchte das gnädige Fräulein sprechen.

Im Zimmer stand Jörgen am Fußende des Bettes; Frau Dawes lag und stöhnte und weinte und rief nach Mary. Kaum ließ Mary sich in der Tür blicken, da fing sie an: "Was war mit Dir, Kind? Mich überkam eine schreckliche Angst,was war los?" Mary ging zu ihr hin, ohne Jörgen anzusehen. Sie kniete neben ihrer alten Freundin hin und legte den Arm um ihren Hals: "Ach, Tante Eva!" sagte sie und schmiegte den Kopf an ihre Brust. Nach einer Weile fing sie zu weinen an."Was ist denn? Was ist denn? Was macht Dich so unglücklich?" jammerte Frau Dawes und strich ihr immer und immer wieder mit der Hand über das herrliche Haar. Schließlich blickte Mary auf; Jörgen Thiis war fort. Aber sie schwieg. "Nie habe ich solch ein Gefühl gehabt," fing Frau Dawes wieder an, "wenn nicht etwas Entsetzliches bevorstand!" Mary schwieg. "War es etwas mit Jörgen Thiis?" Mary sah sie an."O Gott, das habe ich mir gedacht!Aber bedenke, Kind, er hat Dich geliebt, seit er Dich zum erstenmal gesehen hat, und nie eine andere. Das ist schwer, siehst Du.Und kein einziges Mal hat er Dir gegenüber etwas wie eine Andeutung gemacht,oder doch?"Mary schüttelte den Kopf. "Das ist viel. Das zeugt von Charakter. Zu Diensten ist er Dir gewesen und verehrt hat er Dich,ja, sei nicht zu streng! Erst jetzt, da Du arm bist, wagter ja, was war denn eigentlich los?"Mary zögerte eine Weile; dann sagte sie: "Erst war es, als werde ihm schlecht. Aber dann wurde er plötzlich toll.""Ach, ich könnte Dir auch etwas erzählen ... Ja, ja, ja!" Sie versank in Gedanken. Dann murmelte sie: "Wenn einer jahrelang so herumgeht...""Wir wollen nicht darüber reden!" unterbrach Mary sie und stand auf."Nein, das ist ...""Nichts mehr davon!" wiederholte Mary. Sie trat ans Fenster. Da hörte sie Frau Dawes hinter sich: "Er hat mit mir gesprochen, mußt Du wissen. Ob er jetzt seinen Antrag machen dürfe. Er könne sich nichts Schöneres denken. Einspringen, wenn wir nicht weiterkönnen. Aber er findet, Du bist zu unnahbar." Mary machte unwillkürlich eine Bewegung. Frau Dawes bemerkte es: "Sei jetzt nicht zu streng, Mary! Weißt Du, Kind, Dein Vater und ich, wir finden beide ..." "Nicht, Tante!" Mary drehte sich rasch nach ihr umnicht gerade unwillig, aber doch so, daß das Gespräch nicht weitergehen konnte.

Mary blieb in der Stube. Sie wollte nicht Gefahr laufen, mit Jörgen Thiis zusammenzutreffen. Als Mary Frau Dawes einmal eine Handreichung leistete, sagte diese: "Du weißt, Kind, er beerbt Onkel Klaus?" Als Mary nicht antwortete, wagte sie fortzufahren: "Jörgen glaubt, Onkel Klaus wird ihm helfen, wenn er sich verheiratet." Mary ging das zu einem Ohr hinein, zum andern hinaus.

Als die Bahn frei war, suchte Mary ihr eigenes Zimmer auf. Sie durchdachte die ganze Szene noch einmal und glühte vor Aufregung, aber sie war verwundert, daß sie eigentlich nicht erzürnt war. Es war ja doch ganz entsetzlich.

Und gerade als sie dachte: "Was jetzt weiter?" klopfte es leise an die Tür. Sie wurde sehr böse, sie wäre am liebsten aufgesprungen und hätte die Tür verschlossen. Aber nach einer Weile sagte sie: "Herein!" Die Tür öffnete sich und schloß sich, ohne daß sie aufsah; sie saß in ihrem großen Stuhl. Leise und demütig kam er heran und ließ sich aufs Knie nieder, indem er das Gesicht in ihre Hände legte. Daran war nichts Abstoßendes. Er war tief bewegt. Sie blickte hinunter auf seinen hübschen Kopf mit dem weichen Haar. Sie verweilte bei seinen langen Künstlerfingern. Etwas Feines wirkte an ihm versöhnend. Aber diese Sentimentalität! "Soll ich abreisen?" war das einzige, was er sagte. Sie zögerte eine Weile, dann sagte sie: "Ja." Ganz leise. Er ließ die Arme sinken, griff nach ihrer rechten Hand und drückte seine Lippen darauf, lange, aber ehrerbietig. Stand auf und ging.

Bei dem Kuß, so ehrerbietig er war, durchrieselte ihren Körper ein aufregendes Gefühl. Wie sie es vorhin gehabt hatte, als er sie küßte und küßte, daß sie einer Ohnmacht nahe war. Sie blieb verwundert sitzen. Noch lange, nachdem er fort war. Sie dachte wieder ihren Kampf bis ins kleinste durch und zitterte. "Warum bin ich nicht böse auf ihn?"

Da klopfte es wieder. Das Mädchen der Frau Dawes fragte an, ob sie nicht herüberkommen wolle. "Du hast ihn abreisen lassen, Kind?" Frau Dawes war mehr als betrübt. Vor Eifer richtete sie sich auf und stützte sich auf den einen Arm. Ihre Mütze saß schief auf dem kurzen grauen Haar, der fette Hals war röter als gewöhnlich, als sei es ihr zu warm. "Warum hast Du ihn abreisen lassen?" wiederholte sie. "Er wollte doch.""Wie kannst Du das sagen, Kind? Er war doch bei mir und jammerte. Er wollte für sein Leben gern hier bleiben! Du hast keinen Begriff davon. Du hast ihn ja immer bloß zurückgestoßen. Und gefoltert." Sie legte sich ganz verzweifelt wieder zurück. Das Wort "gefoltert" machte flüchtig einen komischen Eindruck; aber Mary hatte selbst die Empfindung, sie hätte mit ihm sprechen sollen, ehe sie ihn gehen ließ. Denn gehen mußte er.

Es kamen recht schwere Tage. Anders Krogs Befinden verschlechterte sich bei einem Witterungsumschlag. Dazu kamen Verdauungsbeschwerden. Es fiel ihm schwerer, sich verständlich zu machen. Mary war viel bei ihm; dann folgte er ihr mit den Augen, daß es ihr fast Angst machte.

Frau Dawes schickte ihm kleine Zettel. Von ihrer Schreiberei ließ sie sogar im Bett nicht. Immer wenn solch ein Zettel kam, blickte er Mary lange an. Da erriet sie, wovon die Zettel handelten.

Eines Tages sagte Frau Dawes zu ihr: "Du überschätzt Dich, wenn Du meinst, Du kannst hier allein mit uns leben.""Wie meinst Du das?""Daß Du im Frühling des gesellschaftlichen Lebens noch so müde sein magst,wenn der Herbst kommt, lockt es doch. Du bist zu sehr daran gewöhnt."

Mary antwortete diesmal nicht; aber einige Tage späteres war lange naßkaltes Wetter gewesen, und sie hatte nicht draußen sein könnensagte sie zu Frau Dawes: "Du kannst recht haben, das Leben, das wir all diese Jahre hindurch geführt haben, hat tiefe Wurzeln in mir geschlagen.""O ja, tiefere als Du selbst ahnst, mein Kind!""Aber was soll ich denn tun? Von hier fort kann ich doch nicht? Ich will es auch nicht.""Nein.Aber Du könntest Dir etwas Abwechslung verschaffen." "Wie denn?""Du verstehst mich recht gut, Kind! Wenn Du verheiratet wärst, würde er zeitweise hier mit Dir leben und Du zeitweise mit ihm da, wo er hin muß.""Eine wunderliche Ehe!""Ich glaube nicht, daß Du ihm sonst näherkommen kannst.""Wem näherkommen?""Dem, was das Leben von Dir verlangt. Und dem, woran Du gewöhnt bist."

Mary fühlte, das, was Frau Dawes da sagte, sei auch des Vaters Wunsch. Daß es ihr Schicksal sei, was ihm die größte Sorge mache. Daß ihm eine Ehe mit Jörgen unter Onkel Klaus' Obhut eine große Beruhigung sei. Es lag wie ein Druck auf ihr, daß sie bis auf diesen Tag wenig Rücksicht auf die Wünsche des Vaters genommen hatte.

Diese ganze Zeit, all diese Erwägungen erschienen ihr wie das Rezitativ einer Oper, das zwei Handlungen miteinander verbindet.

Wenn sie jetzt, wo es herbstete, über die Bucht hinschaute, fühlte sie sich wie eine Gefangene. Stand sie oben auf der Höhe und sah mit den schaumsprühenden Wogen den rauhen Herbst daherkommen, dann hatte sie das Gefühl, er wolle sie für den Winter einkerkern. Dann brauste es in ihr auf; sie war an anderes gewöhnt.

Auch in ihrem Blut brauste es. Sie hatte ihre Ruhe verloren. In der Erinnerung erschien ihr Jörgen nicht abstoßend. Die Atmosphäre, die ihn umgab, schien ihr sogar sympathisch.

Daß ein Schlaganfall den Vater aufs Krankenlager geworfen hatte, und daß Jörgen gerade anwesend war, und daß er dem Vater willkommen war,knüpfte das kein Band? War das nicht wie Schicksal?

An Jörgens Seite in Stockholm aufzutreten und später weiter in die Welt gesandt zu werden,einen naturgemäßeren Abschluß ihres Wanderlebens, eine vielseitigere Verwendung dessen, was sie dabei gelernt hatte, konnte man sich schwer vorstellen.

Onkel Klaus mußte helfen. Gründlich helfen. Sie war sich ihrer Macht über Onkel Klaus bewußt.

"Kurz und gut, liebe Tante Eva," sagte sie eines Tages, als sie neben ihr am Bett saß und mit ihr plauderte: "Du kannst an Jörgen schreiben."

Mary stand selbst auf der Brücke, als das Boot anlegte. Es war am Sonnabend nachmittag, und wer irgend konnte, floh aus der Stadt, um die letzten Herbsttage im Freien zu genießen. Es war ein schöner Tag. Im südlichen Norwegen hat man solche Tage oft bis tief in den September hinein. Mary war in Blau und hatte einen blauen Sonnenschirm, mit dem sie Jörgen und ein paar Freundinnen winkte, die neben ihm standen. Alle Leute an Bord kamen nach der Landungsseite herüber, um zuzusehen.

Sowie Jörgen neben ihr stand, fühlte er, daß er vorsichtig sein müsse. Er erriet, daß sie ihn nur deshalb hier unten in Empfang nahm, damit ihr Zusammentreffen nicht intim ausfallen könne.

Auf dem Wege nach oben sprachen sie über die Schwalben, die sich jetzt zum Aufbruch rüsteten, über den Verwalter, der kürzlich einen mächtigen Adler geschossen hatte, über das Schreibbrett, das für Frau Dawes konstruiert worden war, über die gute Grummeternte, über die Obst-und die Futterpreise.Drinnen im Flur lief sie ihm mit einem kurzen "Verzeihung!" weg. Sie flog die Treppe hinauf. Der Bursche, der Jörgens Koffer brachte, trat hinter ihnen in die Tür; Jörgen und er standen da und wußten nicht wohin. Da hörten sie Marys Stimme von oben: "Bitte hierher!" Sie gingen hinauf. Sie öffnete das Fremdenzimmer, das neben ihrem eigenen lag, und ließ den Burschen den Koffer dahinein setzen. Zu Jörgen sagte sie: "Wollen wir nicht jetzt zu Vater hineingehen?"Sie ging voran. Die Pflegerin war nicht da. Vermutlich um die fortzuschicken, war sie vorhin nach oben gelaufen.

In den Augen des Kranken leuchtete es auf, als er hinter ihr in der offenen Tür Jörgen bemerkte. Kaum war die Tür geschlossen, als Mary auf ihren Vater zuging, sich über ihn beugte und sagte: "Jörgen und ich haben uns verlobt, Vater."

Alle Güte und alles Glück, das sich in einem Angesicht vereinen kann, strahlte aus den Mienen des Vaters. Lächelnd wandte sie sich zu Jörgen, der blaß und verwirrt dastand und nahe daran war, auf Mary zuzustürzen und sie zu umarmen. Aber er fühlte, sie wollte wohl seine Überraschung, seine Dankbarkeit und seine Anbetung, aber keine Zeremonien. Das tat seinem Glück keinen Abbruch. Er begegnete ihren lächelnden Augen mit der vollsten, innigsten Freude. Er drückte die Hand, die Anders Krog ihm geben konnte, er blickte ihm in die tränennassen Augen und seine eigenen füllten sich mit Tränen. Aber gesprochen wurde kein Wort, bis Mary sagte: "Jetzt gehen wir zu Tante Eva!"

In einem Gefühl des Sieges ging sie voran. Bewundernd folgte er ihr. Sein Herz war voll, nicht zum wenigsten von Begeisterung über den Großmut, mit der sie ihm verziehen hatte. Er dachte: draußen auf dem Flur wird sie sich umdrehen, und dann ... Aber sie ging direkt auf Frau Dawes' Tür zu und klopfte an.

Als Frau Dawes Jörgen gewahrte, schlug sie die fetten Hände zusammen, zerrte an ihrer Mütze und wollte sich aufrichten,aber es gelang ihr vor lauter Rührung nicht. Sie sank wieder zurück, weinte glückselig vor sich hin und streckte die Arme aus; Jörgen warf sich hinein, aber zum Kusse kam es nicht.

Sobald ein vernünftiges Wort gesprochen werden konnte, sagte Mary: "Findest Du nicht auch, Tante Eva, morgen müssen wir beide zu Onkel Klaus?""Das einzig Richtige, Kind! Das einzig Richtige. Worauf braucht Ihr zu warten?"Jörgen strahlte. Mary zog sich zurück, damit die beiden in aller Vertraulichkeit miteinander sprechen könnten.

Als sie wieder zusammenkamen, merkte er, daß die Parole hieß: "Ansehen, aber nicht anfassen!" Das fiel ihm schwer; aber er gab zu, daß einer, der so vermessen gewesen war, im Zaum gehalten werden mußte. Sie wollte selbst über sich verfügen.

In ihrem Triumphgefühl war sie schöner als je. Es erschien ihm wie eine Gnade, daß sie "Du" zu ihm sagte. Das war auch alles, wozu sie sich herabließ. Er wartete und wartete; aber sie gab nicht mehr. Den ganzen Tag nicht. Da nahm er seine Zuflucht zum Klavier und jammerte ganz fürchterlich darauf: Mary machte die Türen auf, damit Frau Dawes etwas hören könne. "Der arme Junge!" sagte Frau Dawes.

Am ändern Tage kam sie erst kurz vor der Abfahrt des Dampfers nach unten, mit dem sie zu Onkel Klaus wollten. "Heute bist Du richtig la grande dame",Jörgen musterte sie bewundernd; sie stand in ihrer elegantesten Pariser Besuchstoilette vor ihm. "Du willst Onkel Klaus wohl imponieren?""Das auch. Aber es ist doch heute Sonntag.Sag' mal," sie wurde plötzlich ernst, "weiß Onkel Klaus von Vaters Unglück?""Von seiner Krankheit?""Nein, von der Ursache der Krankheit?""Das weiß ich nicht. Ich komme von Hause.Ich habe nichts gesagt. Nicht mal zu Hause."Das gefiel ihr. Deshalb wurde auch der Gang zum Dampfer hinunter und nachher die Fahrt gemütlich und fröhlich. Sie sprachen leise von der Hochzeit, von dem Urlaub für den ersten Monat nachher, von dem Leben in Stockholm, von ihrer Reise dahin, von seinem Weihnachtsbesuch zu Hause, von einem kleinen Abstecher nach Kristiania jetzt gleichkurz, an ihrem Himmel waren keine Wolken.

Onkel Klaus trafen sie in seiner Rauchhöhle, wo sie ihn mehr ahnten, als daß sie ihn sahen. Er war selber ganz erschrocken, als Mary in ihrer ganzen Herrlichkeit vor ihm stand. Er eilte ihnen in den großen steifen Salon voran. Noch ehe sie saßen, sagte Jörgen: "Ja, Onkel, heute kommen wir, um Dir zu erzählen" er kam nicht weiter; denn Onkel Klaus sah an ihren Gesichtern, was für eine strahlende Neuigkeit sie brachten. "Ich gratuliere, ich gratuliere!" Der große Mann streckte jedem eine Hand hin: "Ja, das sagen alle," triumphierte er, "Ihr beide seid das schmuckste Paar, das je in der Stadt war. Denn", fügte er hinzu, "wir andern haben Euch ja lange verlobt!" Kaum hatten sie sich gesetzt, als sich sein Gesicht verfinsterte. Er sah Mary mitleidig an: "Dein Vater, armes Kind!""Vater geht es jetzt besser", antwortete sie ausweichend.Onkel Klaus blickte sie forschend an: "Er kann ja wohl nicht mehr ..." er hielt inne, er konnte es wirklich nicht über sich gewinnen, das auszusprechen, auch Mary nicht. Sie saßen also eine Weile schweigend da.

Als das Gespräch wieder in Fluß kam, redeten sie über die ungewöhnlich schlechten Zeiten. Es mache den Eindruck, als wollten die kein Ende nehmen. Die Aktien hätten keinen Wert, die Schiffahrt liege darnieder, keine neuen Unternehmungen, das Geld arbeite nicht. Während sie hierüber sprachen, blickte Onkel Klaus Jörgen mehrmals an, als wolle er nach etwas fragen, wenn er erst fort sei: Sie bemerkte es und gab Jörgen einen Wink, er stand auf und entschuldigte sich: er habe sich mit einigen Kameraden in der Stadt verabredet. Es war zwischen Mary und ihm ausgemacht, daß sie allein mit Onkel Klaus reden solle. Aber was mochte Onkel Klaus mit ihr zu besprechen haben? Sie war gespannt.

Jörgen war kaum aus der Tür, da sagte Onkel Klaus mit bekümmerter Miene: "Armes Kind, ist es wahr, daß Dein Vater in Amerika große Verluste gehabt hat?""Er hat alles verloren", antwortete sie. Blaß und entsetzt fuhr der große Mann in die Höhe: "Er hat alles verloren?"Er starrte sie mit weit offnem Mund an, wurde dunkelrot und rief: "Ja, Gottsdonnerwetter, da kann ich verstehen, daß man den Schlag bekommt."Er begann im Zimmer auf und ab zu rennen, als sei außer ihm niemand da. Die weiten Hosen schlotterten ihm um die Beine, mit den langen Armen fuchtelte er in der Luft herum. "Er ist doch schon immer so ein leichtgläubiger Tropf gewesen! Ein richtiger Dussel! Wenn man sich vorstellt, einer hat ein so großes Vermögen im Geschäft eines ändern stecken, und er kümmert sich dann nicht weiter drum! Das ist doch eine verdammte" er hielt jäh inne und fragte in höchstem Erstaunen: "Auf was wollt Ihr denn heiraten?"

Mary war tief verletzt, noch ehe diese Frage kam. In ihrer Gegenwart sich so zu benehmen, vor ihren Ohren so etwas von ihrem Vater zu sagen! Trotzdem antwortete sie mit ihrem reizendsten Lächeln und voll Schelmerei: "Auf Dich, Onkel Klaus!"

Seine Verblüffung war nicht zu beschreiben. Sie versuchte sie zu dämpfen, ehe sie zum Ausbruch kam, sie bedauerte ihn scherzendund zwar auf englischwas für ein armer Mann er sei. Aber das prallte ab wie Vogelgezwitscher an einem Bären. "Das sieht dem Jörgen, diesem Satan, ähnlich," brach er schließlich hervor, "gleich auf mich zu spekulieren!"Er rannte wieder durch die Stube, schneller als bisher: "Haha! das konnte ich mir ja denken! Wenn was in die Quere kommt, muß ich herhalten! In diesen Zeiten, wo ich kaum mein Essen verdiene! Solche Unverschämtheit ist mir in meinem ganzen Leben noch nicht vorgekommen!" Er sah sie nicht, er sah überhaupt nichts. Dieser reiche Mensch hatte seinen Launen, seiner Wut, seiner Unverschämtheit immer freien Lauf gelassen. "Schockschwerenot, Jörgen verdiente, daß ich ihm auch das entzöge, was er jetzt bekommt. Immer will er mehr haben! Und nun sollte ichha, ha! Ja, das ist ein Prachtbengel!"

Mary saß totenblaß da. Sie war nie bisher gedemütigt worden; nie bisher hatte ein Mensch sie anders als eine Bevorzugte behandelt.

Aber den Kopf verlor sie nicht. "Ich führe jetzt Vaters Bücher," sagte sie kühl; "daraus habe ich ersehen, daß auch Ihr Geschäfte zusammen gemacht habt.""Oh ja," sagte er, ohne stehen zu bleiben und ohne sie anzusehen: "Oh jamit ein paar Hunderttausend. Aber wenn Du die Bücher führst, weißt Du wohl auch, daß sie in diesen Zeiten fast nichts einbringen.""Das ist nun wohl übertrieben", antwortete sie. "Ja, was willst Du mit den Papieren?" fragte er und blieb stehen. Aus einer plötzlichen Eingebung heraus rief er: "Hat Jörgen Dich beauftragt, sie zu verkaufen?""Jörgen hat mich zu nichts beauftragt", sagte sie und stand auf.

Wie sie blaß und groß und stattlich vor ihm stand und ihn mutig ansah, war er der Unterlegene. Er starrte sie nur an. Sie sagte: "Ich bedaure, daß ich nicht eher gewußt habe; was für ein Mensch Du bist." Alle Überlegenheit fiel von ihm ab,er stand dumm und schwerfällig da. Er war nicht imstande zu antworten, ja nicht einmal sich zu rühren. Er ließ sie gehen. Und das wollte er gerade am wenigsten.

Durch das Fenster sah er ihr nach, sah sie nach dem Markt hinuntergehen. Wie schön und stolz sie war, wie ein Bild.

Als Jörgen bald darauf kam, um Mary abzuholen oder vielmehr mit ihr zusammen zu Tisch dazubleiben,denn er war überzeugt, sie würden zum Essen eingeladen werdenbekam er nicht allein dieselbe Lektion, die sie bekommen hatte, sondern eine viel saftigere, weil Onkel Klaus jetzt außerordentlich unzufrieden mit sich selbst war. Dafür mußte Jörgen büßen. "Warum, zum Donnerwetter, bist Du nicht selbst gekommen? Du warst wohl zu feig dazu?Und dann hast Du sie veranlassen wollen, Aktien zu verkaufen, die jetzt gar keinen Wert haben! Ein verflucht leichtsinniger Kerl bist Du doch immer gewesen."Onkel Klaus hatte unrecht; aber Jörgen kannte ihn, er wußte, daß man ihm jetzt nicht widersprechen durfte. Er machte sich auf allen vieren davon und kam zu Mary, erbarmungswürdiger als damals, wo sie ihn oben auf dem Hügel getroffen hatte, wie er in das verlorene Paradies hinunterschaute. Sie selbst hatte geweint vor Ärger und Enttäuschung; aber sie hatte Sprungfedern in sich; jetzt kam der Umschlag. Ihr Sturz aus ihrer Siegesstimmung herab, die sie noch vor einer halben Stunde gehabt hatte, war so jäh, daß die ganze Geschichte, wenn man Jörgens jämmerlichen Zustand dazunahm, lächerlich wurde. Sie lachte so ausgelassen, so köstlich befreit, daß sogar Jörgen geheilt wurde. Nach Verlauf einer Viertelstunde gingen die beiden jungen Menschen über die Straße, um sich ein leckeres Mittagessen mit Champagner zu bestellen. Während das hergerichtet würde, wollten sie einen Spaziergang machen. Aber kaum standen sie draußen in der köstlich frischen Luft, da mußte Jörgen wieder hinauf und nach Krogskog telephonieren, sie würden heimkommen und dort zu Mittag essen. Es würde ungefähr zwei Stunden dauern auf der neuen Landstraße; das sollte ein herrlicher Spaziergang werden!

Sie schritten tüchtig aus; der klare Herbsttag mit seiner frischen Brise war kühl,so rechtes Wetter zum Wandern.

Der Weg an der See entlang durchschnitt die Landzungen; sie freuten sich über den steten Wechsel von Strand und Bergeshöhe, von Bergeshöhe und Strand. Das Meer tiefblau, bis weit hinten voller Segel und Rauchsäulen. Heut war Sonntag, daher waren auch viele Lustjachten draußen; sie krochen durch die Meerengen und wagten sich auf die offene See hinaus.

Bei ihrem schnellen Tempo waren die beiden bald aus der eigentlichen Stadt heraus. Da lag ein hübsches kleines Haus in einem Garten. "Wem gehört das?" fragte Mary. Es sah so einladend aus. "Fräulein Röy, der Ärztin", antwortete Jörgen eifrig. "Ich habe über all dem Ärger und der Enttäuschung doch vergessen, Dir zu erzählen, daß ich Franz Röy in der Stadt getroffen habe!" Ohne es zu wissen, blieb Mary stehen. Ohne es zu wollen, wurde sie rot. "Franz Röy?" fragte sie und blickte starr vor sich hin. Dann ging sie weiter, noch bevor sie eine Antwort bekommen hatte. "Er soll hier die Hafenarbeiten leiten. Du weißt, Irgens ist tot.""Der Ingenieur? Der ist tot?""Und jetzt heißt es, Hauptmann Röy wird das übernehmen.""Ist das eine Arbeit für einen Mann wie ihn?""So fragt gewiß mancher.Alle fragen, was er hier will?" lachte Jörgen. Mary sah ihn an und er Mary. Dann ging er näher an sie heran: "Aber jetzt kommt er zu spät." Er hatte als Antwort einen verständnisvollen Blick erwartet, in dem vielleicht ein bißchen Glück lag. Aber sie ging weiter, ohne ihn anzusehen, auch ohne etwas zu sagen.

Da trat eine lange Pause ein. Sie gingen schnell. Der Herbstwind wehte erfrischend. Da wandte sie sich zu ihm, um ihm eine Freude zu machen. "Weißt Du, Jörgen, daß Vater bei Onkel Klaus zweihunderttausend Kronen stehen hat?""Zweihundertfünfzigtausend", antwortete Jörgen. Sie war sehr erstaunt,einmal darüber, daß Jörgen Bescheid wußte, dann über die fünfzigtausend Kronen. "Onkel Klaus sprach von zweihunderttausend." "Ja, die Dein Vater in seine Unternehmungen und in das Schiff hineingesteckt hat. Aber kurz bevor Dein Vater krank wurde, hat er Onkel fünfzigtausend Kronen geschickt, die frei geworden waren.""Woher weißt Du das?""Onkel hat es mir gesagt.""Ich habe nichts darüber gefunden.""Nein, Dein Vater hat sich mit dem Verbuchen wohl nicht beeilt; das war seine Art so. Außerdem," hier stockte Jörgen, "kennst Du alle Geschäfte Deines Vaters?" Sie wollte darauf nicht eingehen; die Frage kam ihr nicht unerwartet. Aber wie konnte Jörgen? Vielleicht durch Frau Dawes. Jedenfalls freute sie sich. Sie war stehen geblieben, sie wollte etwas sagen. Aber der Wind hob ihr die Röcke hoch, löste ihr eine Haarsträhne und riß ihr den Schal ab. "Herrgott, wie entzückend Du aussiehst!" rief er."Aber dann steht ja nichts im Wege, Jörgen?""Wir können heiraten, meinst Du?""Ja", und damit ging's weiter."Nein, Liebste, jetzt bringen die Aktien nahezu nichts ein.""Ja, was tut das? Wir müssen drauflosgehen, Jörgen!" Sie strahlte vor Gesundheit und Mut. "Ohne Onkels Zustimmung?" fragte er verzagt.Sie stand wieder still: "Würde er Dich enterben?"Ohne direkt zu antworten, sagte er schwermütig: "Wenn Du wüßtest, Mary, was ich mit Onkel ausgestanden habe. Vom ersten Tag an, da er mich zu sich nahm. Wie er mich geplagt hat. Wie er mir aufgepaßt hat. Bis auf diesen Tag bin ich wie ein ungezogener Schuljunge von ihm behandelt worden. Seine schlechte Laune hat er stets an mir ausgelassen." Auf seinem Gesicht zeigte sich eine solche

Mischung von Verbitterung und Unglück, daß Mary unwillkürlich rief: "Armer Jörgen,jetzt fange ich an zu verstehen!" Sie gingen weiter. Sie dachte daran, daß seine Fähigkeit, sich zu beherrschen in einer harten Schule erworben sei; da hatte er auch gelernt, sich zu verstellen. Seine Zähigkeit mußte sie bewundern; was hatte er nicht alles durchgesetzt! Und allein seine Musik! Die war wohl sein Trost gewesen. Jetzt verstand sie seine ungewöhnliche Höflichkeit. Jetzt verstand sie seine Sentimentalität. Sie verstand, wodurch er so streng und pedantisch geworden war und so hart gegen seine Untergebenen.

Sie sah ein, daß auch sie vielleicht schuld gewesen, wenn es ihm schlecht gegangen war. Seine lange, schweigende Liebe zu ihr hatte ihm nur eine Last mehr aufgebürdet; denn sie hatte ihm kein aufmunterndes Wort gegönnt; im Gegenteil! Was Wunder, daß er schließlich wie verhext war? "Armer Jörgen", sagte sie noch einmal und faßte seine Hand. Das erste Liebeszeichen, das sie ihm je gewährt hatte. Sie mußte es gleich wieder zurücknehmen, weil sie die Röcke festhalten mußte, denn um die Landzunge pfiff ein scharfer Wind, und ein Segelboot schnitt gerade unter ihnen durch das Wasser. Vom Boote aus wurde heraufgewinkt, und sie winkten hinunter. Welch ein herrlicher Tag, wie schimmernd blau der Fjord mit den roten Wimpeln überall.

Als sie zur Bucht hinunterkamen, fragte sie: "Glaubst Du wirklich, er würde Dich enterben, wenn wir uns verheiraten?""Wir haben nichts, woraufhin wir heiraten können, Du Liebe!""Wir können doch diese Papiere verkaufen", sagte sie mutig. "Ja, wenn wir so vorgehen, um uns heiraten zu können, daß wir sie jetzt verkaufen, wo sie so niedrig stehen, ja, dann enterbt er mich sicher."Aber sie wollte die Hoffnung nicht aufgeben: "Und unser Wald?""Der muß erst jahrelang stehen."

Wie gut Jörgen Bescheid wußte! Wie genau er alles überlegt hatte!

Sie kamen auf die Strandstraße, die auf die letzte Landzunge bei Krogskog zuführte. Da stand ein alter wunderlicher Finnenhund. Mary war gut Freund mit ihm. Er kläffte ja immer ein bißchen, wenn jemand in seine Nähe kam; vielleicht konnte er nicht gut sehen; aber er wedelte gleich mit dem Schwanz, wenn er einen Bekannten witterte. Heute war er wie toll.

"Herrjeh," rief Mary, "ist er etwa auf Dich so wütend?" Jörgen antwortete nicht, sondern bückte sich nach einem kleinen Stein. Als der Hund das sah, rannte er, den Schwanz zwischen die Beine geklemmt, hinter einen Reisighaufen am Wege. Von dort setzte er dann das Konzert fort. "Laß ihn doch!" sagte Mary, als sie sah, daß Jörgen die Schußlinie berechnete. "Es wäre doch spaßig, wenn er sich genau auf die Stelle zurückzöge, auf die ich ziele," sagte er, "dann bekommt er den Stein nämlich gerade auf den Rücken." Dabei tat er, als werfe er; der Hund setzte davon,da warf er erst, und der Hund bekam den Stein genau auf den Rücken. Er heulte auf. "Siehst Du!" sagte Jörgen triumphierend. "Es gibt nicht viele, die so sicher treffen, kann ich Dir sagen.""Kannst Du ebenso gut schießen?""Ob ich es kann! Wirklich, Mary, alles, womit ich mich befasseviel ist es ja nicht,das tue ich gründlich." Das mußte sie zugeben. Das rasende Gebell des Hundes in der Ferne bestätigte es auch.

Auf dem Richtsteig zum Hause hinauf sagte er: "Meinst Du, wir sagen Frau Dawes oder Deinem Vater etwas?""Von Onkel Klaus?""Ja. Es würde sie nur betrüben. Können wir nicht sagen, er habe gemeint, wir sollten bis zum Frühjahr warten?"Sie blieb stehen. Sie war nicht für so etwas. Aber Jörgen blieb dabei. "Ich kenne Onkel Klaus besser als Du. Ihm wird es bald leid. Freilich wird er nicht nachgeben, aber er wird selbst mit einem anderen Vorschlag kommen, ungefähr mit so etwas, wie ich jetzt meine:er möchte, wir warteten bis zum Frühjahr."

Mary war sich längst darüber klar, wie gut Jörgen unterrichtet sei; sie mußte deshalb auch zugeben, daß er so etwas besser verstand als sie. Aber an Schleichwege war sie nicht gewöhnt. "Laß mich nur machen," sagte er, "dann erspare ich den alten Leuten eine Enttäuschung."

"Aber was soll ich denn sagen?" fragte Mary."Die Wahrheit, daß Onkel sich sehr über unsere Verlobung gefreut hat, und daß die Zeiten jetzt so schlecht seien, daß wir warten müßten. Das verhält sich doch tatsächlich so."

Damit war Mary einverstanden. Besonders weil es sie freute, daß Jörgen auf die Schonung der beiden Alten bedacht war. Er bekam dafür einen aufrichtigen Dankund wieder ihre Hand. Die behielt er in seiner bis an die Treppe, ja noch die Treppe hinauf. Er dachte, das ist ein Pfand für einen Kuß im Vorzimmer. Aber dann nehme ich mir zehn!

Er machte die Tür auf und ließ Mary vorangehen. "Schönen Dank für den Spaziergang, Jörgen", sagte sie, indem sie an ihm vorbeiging und ihm fröhlich zunickte,lief zur Treppe und nach oben. Er hörte sie in ihr Zimmer gehen.

Wie schonend Jörgen auch seine Worte wählte, als er von dem Resultat berichtete,es war eine schwere Enttäuschung für die alten Leute. Sowohl Krog wie vor allem Frau Dawes fanden es unerklärlich; die letztere sogar grausam. So sollte Mary den langen Winter über hier allein bleiben und Jörgen in Stockholm. Sie konnten sich vielleicht zu Weihnachten ein paar Tage sehen, aber sonst nicht. Seltsamerweise übte die Enttäuschung der beiden Alten einen Rückschlag auf Jörgen aus. Er saß wie ein flügellahmer Vogel da. Er sprach nicht, er antwortete Frau Dawes kaum, er spielte auch nicht; aber er bereitete seine Abreise für den nächsten Morgen vor. Er wollte direkt nach Stockholm; seine Zeit war um.

Nur Mary war guter Dinge. Es war, als gehe sie die ganze Geschichte nichts an. Ihr hatte der Tag nichts Schlimmes gebracht; so schien es. Das Triumphgefühl, das in ihr war, seit sie vor ihrem Vater die Verlobung zu proklamieren geruht hatte, war nicht allein ungeschwächt, es war stärker als je. Sie ging über die Flure und durch die Stuben und summte vor sich hin; sie hatte tausenderlei zu tun, als sei sie es, die eine lange, wichtige Reise vorhatte. Beim Abendessen trieb sie soviel Unsinn, daß Jörgen das unsichere Gefühl hatte, sie mache sich über ihn lustig. Er sagte ihr schließlich gerade heraus, er verstehe sie nicht. Ihm scheine, sie solle ihn lieber bedauern. Sie bleibe doch wenigstens hier in ihrem entzückenden Heim und in ihrer schönen Sorge für ihre beiden Lieben; er aber? Jetzt habe er einen Haß auf das, was vor ihm liege, weil es ihn von ihr fernhalte. Es tue ihm leid, daß er sich vom Dienst habe beurlauben lassen. Er verabscheue Stockholm. Er wisse, wie zurückgesetzt ein junger Mann dort sei, der nicht zur höheren "société" gehöre und obendrein Norweger sei. Er war unglücklich und machte seinem Kummer Luft.

"Du hast doch bei Deiner Konfirmation so gut Bescheid gewußt, Jörgen, hast Du vergessen, daß Jakob volle sieben Jahre um Rahel dienen mußte?""Habe ich etwa nicht lange genug um Dich gedient, Mary?""Weil Du gar so früh damit anfingst, sind es so viele Jahre geworden. Es ist eine schlechte Angewohnheit von Dirzu früh anzufangen!""War es denn möglich, Dich zu sehen, ohne ...? Du tust Dir selbst unrecht.""Du hattest doch andere Ziele, Jörgen, als mich zu erringen?""Die hatte Jakob auch, der Geldjäger! Und er hatte noch den offenbaren Vorteil, daß er Rahel inzwischen sehen konnte, so oft er wollte.""Na,einer, der Jahre lang gewartet hat, Jörgen" "der kann auch noch ein halbes Jahr länger warten? Ja, Du hast gut reden, die nie auf etwas gewartet hat. Nicht auf das geringste!"Sie schwieg. "Daß Du mich obendrein noch necken willst, Mary!Der (auch wenn er bei Dir ist) auf so schmale Kost gesetzt ist!""Du beklagst Dich, Jörgen?""Ja, wahrhaftig.""Du hast allzu früh angefangen, mußt Du bedenken." Sie lachte. Er wurde verlegen, sagte aber nach einer Weile: "Du weißt eben nicht, was warten heißt!""Ich weiß jedenfalls, daß einer, der auf schmale Kost gesetzt ist, sich leichter daran gewöhnen kann." Sie lachte wieder. Er war gekränkt und unsicher zugleich. Eine, die ihn wirklich lieb hatte, hätte sich kaum so benommenam Abend vor einer mehrmonatlichen Trennung. Und bei so kläglichen Aussichten für die Ehe, wie sie sie hatten.

Sie saßen eine Weile bei ihrem Vater und sehr lange bei Frau Dawes. Jörgen war still und sagte überhaupt nichts. Mary aber war vergnügt. Frau Dawes blickte die beiden verwundert an. Sie wandte sich zu Jörgen: "Armer Junge, Du mußt zu Weihnachten herkommen!" Mary antwortete statt seiner: "Tante Eva, um Weihnachten ist es in Stockholm gerade am lustigsten."

Plötzlich stand Mary auf und wünschte sehr unerwartet "Gute Nacht", erst Jörgen, dann Frau Dawes. "Ich bin müde von unserer Tour und ich will morgen früh aufstehen, um Jörgen zu begleiten."

Jörgen fühlte, dieser unerwartete Aufbruch war ein wohlüberlegter Streich. Sie wollte dem entgehen, ihm draußen auf dem Flur gute Nacht zu sagen. Er schwur ihr Rache. Er verstand sich darauf.

Frau Dawes wollte wissen, ob zwischen ihnen etwas vorgefallen sei. Das bestritt er. Sie glaubte ihm nicht; er mußte allen Ernstes wiederholen, er wisse von nichts. Aber seine Verstimmung verbergen, das konnte er nicht. Er brachte es nicht einmal über sich, dazubleiben, und ließ sie allein. Auf dem Flur war es gegen die Gewohnheit völlig dunkel. Er tastete sich nach seiner Tür. Erst als er drinnen Licht angezündet hatte und unwillkürlich auf ein Lebenszeichen aus ihrem Zimmer lauschte, fiel ihm ein, daß sein Schloß geölt worden war. Heute morgen hatte es geknarrt. Ganz unbedeutend, aber geknarrt hatte es. Nie war er in einem Hause gewesen, wo wie hier die kleinste Kleinigkeit, die in Unordnung war, sofort repariert worden wäre. Trotzdem Sonntag war. Er konnte sich kein größeres Glück vorstellen, als später, wenn erst alles in Ordnung war, hierher zurückzukehren, hier auszuruhen, und hier solange und solcherart zu leben, wie sein tiefstes Bedürfnis nach Lebensgenuß es ihm vor Augen stellte.

Also galt es auszuhalten. Sich jetzt in ihre Launen zu finden wie früher in des Onkels Launen. Bis seine Zeit kam!

Er war beim Ausziehen, als lautlos die Tür geöffnet wurde und Mary in ihrem Nachtgewand hereintrat. Blendend schön. Sie schloß die Tür hinter sich und trat an die Lampe. "Du sollst nicht länger warten, Jörgen!" Sie löschte die Lampe aus.

Allein

Am nächsten Morgen verschlief sie die Zeit. Sie wurde durch Gesang und Klavierspiel aufgeweckt. Im Halbschlummer erst und dann deutlich hörte sie durch einen Strom herandrängender Erinnerungen Jörgens Stimme. Er sang am Klavier bei offenem Fenster in den frühen Morgen hinein. Sein heller, jubelnder Tenor trug Festesklänge zu ihr hinauf.

Schnell, ganz schnell war sie aus dem Bett und in den Kleidern; sonst kam sie zu spät, um ihn zum Schiff hinunterzubegleiten. Bei dem raschen Hantieren wurde sie ganz wach, und mächtiger stürmten ihre Gedanken ihm und seiner berauschten Seligkeit entgegen. Seinen tiefinnigen, Seele und Sinne durchströmenden Dank und seine Lobeshymnen wollte sie in der Nähe genießen! Hoch emporgehoben und im Triumph herumgetragen werden wie die Herrscherin seines Lebens. Aus freier Souveränität hatte sie ihm des Lebens höchsten Preis geschenkt. Jetzt war er belohnt für seine lange Qual! Vorurteilslos und ohne zu feilschen. Sie kannte ihn jetzt doch; sie wußte bis ins kleinste, wie er aussehen, wie er sich benehmen würde, wenn er sie hineinführte in sein Glück. Deshalb schwoll ihre Brust dem Wiedersehen entgegen. Feiern sollte man sie und ihr danken!

Durch das kleine holländische Kabinett kam sie in ihrem blauen Morgenkleide und legte die Hand auf den Türgriff des großen Musikzimmers nach der See hinaus, mußte aber stehen bleiben, um Atem zu schöpfen, so gespannt war sie. Dabei genoß sie seinen Triumph da drinnen. So hingerissen war er von seiner eigenen Musik, daß sie ihm ganz nahe kam, ehe er sie bemerkte. Er blickte strahlend auf und erhob sich langsam und still wie zu einem Fest. Er wollte die Stimmung nicht zerstören; er breitete die Arme ihr entgegen, zog sie an sich, küßte sie ehrbar aufs Haar und streichelte ihr langsam und sorglich die Wange, die freilag; er wollte zudecken und verbergen, ihr mit männlicher Güte über die Scham weghelfen, die sie naturgemäß empfinden mußte. Er war ganz zart und beruhigend.

"Wir müssen jetzt wohl schnell essen", flüsterte er freundlich zu ihr hinunter, küßte noch einmal ihr schönes Haar und atmete seinen Duft. Dann faßte er sie sanft, aber gleichsam führend, um die Taille. An der Tür fragte er leise: "Du hast wohl gut geschlafen, daß Du so spät kommst?" Er öffnete mit der freien Hand väterlich die Tür und blickte sie mitfühlend an, als er keine Antwort bekam. Sie war sehr blaß und ganz verwirrt. "Mein süßes Mädchen", flüsterte er tröstend.

Bei Tisch war des Rücksichtnehmens kein Ende, besonders da sie nichts essen konnte. Aber die Zeit war knapp; er mußte für sich selbst sorgen, so daß nicht viel darüber gesprochen wurde. Mary sagte kein einziges Wort. Aber sie fand, er hantiere mit Messer und Gabel auf eine ganz neue, herrische Art. Verwandt der Art, wie er zu ihr sprach und wie er sie ansah. Er wollte ihr offenbar Mut einflößen. Nach dem, was gestern geschehen war. Sie hätte den Teller mit allem, was darauf war, nehmen und ihm ins Gesicht schleudern mögen!

Sein Triumphgesang hatte ihm selber gegolten, die Siegeshymne seinem eigenen Verdienst!

Bei allen Mahlzeiten stand eine Karaffe mit Wein auf dem Tisch. Er trank langsam ein ganzes, großes Glas, wischte sich den Mund und stand mit einem würdevollen "Entschuldige!" auf.Dann in der Tür: "Ich muß nachsehen, ob der Knecht meinen Koffer geholt hat."

Einen Augenblick nachher war er wieder da. "Die Zeit ist knapp"; er schloß die Tür hinter sich und ging hastig auf Mary zu, die jetzt am Fenster stand. Er zog sie diesmal rasch an sich und wollte sie Küssen...

"Nicht mehr dergleichen!" sagte sie mit ihrer ganzen alten Souveränität und wandte sich ab. Sie ging stolz hinaus ins Vorzimmer, zog sich eine Jacke an, wobei ihr das herzueilende Mädchen half, wählte einen Hut, sah nach dem Wetter und nahm dann einen Sonnenschirm. Das Mädchen öffnete ihr die Haustür, Mary ging rasch hinaus, er hinterher, in seinem tiefsten Empfinden verletzt. Er war sich keiner Schuld bewußt.

Sie gingen eine Weile schweigend nebeneinander her. Aber es kochte so in ihr, daß sie ihren Sonnenschirm fast zerbrochen hätte, als sie ihn schließlich aufspannen wollte. Er sah es.

"Du," sagte sie, und es klang, als habe sie eine ganz andere Stimme bekommen, "ich halte nicht viel vom Briefschreiben. Ich kann auch keine Briefe schreiben.""Ich soll Dir also nicht schreiben?!" Er hatte auch eine andere Stimme bekommen. Sie antwortete nicht, und sie sah ihn auch nicht an. "Wenn aber irgend etwas passiert?" sagte er."Nun ja, dann! Aber dann hast Du ja Frau Dawes."

Als sei es damit noch nicht genug, fügte sie hinzu: "Du bist wohl übrigens auch kein Held im Briefschreiben. Also ist nicht viel dabei verloren."

Er hätte sie schlagen mögen.

Zum Überfluß mußte nun auch noch der alte, wunderliche Finnenhund da an der Brücke sein mit einem von seinen Leuten. Kaum wurde er Jörgen gewahr, da fing das Konzert an. Es nützte alles nichts, soviel seine Herren auch ihm pfiffen und ihn riefen.

Alle wandten sich nach den Ankömmlingen um. Jörgen hatte sich sofort nach einem kleinen Stein gebückt, und Mary hatte ihn leise gebeten, es nicht zu tun. Der Dampfer legte gerade an, die allgemeine Aufmerksamkeit, auch die des Hundes, wurde von ihnen abgelenkt, und auf diesen Augenblick hatte Jörgen gewartet, um ihm den Stein direkt auf den Leib zu werfen, daß er laut aufheulte. Unmittelbar darauf wandte er sich zu Mary und zog den Hut mit seinem verbindlichsten Lächeln und mit tausend Dank für die genossene Gastfreundschaft.

Sie mußte anstandshalber warten, bis der Dampfer abfuhr; ja, sie mußte ein paarmal mit dem Sonnenschirm winken. Lächelnd und triumphierend grüßte Jörgen mit mächtigem Hutschwenken vom Dampfer herüber.

Wütend war sie! Aber er kaum weniger.

"Er, der sich vor mir in den Staub hätte werfen müssen und den untersten Saum meines Kleides küssen!" Das war ihre Empfindung.

Schon gestern abend war das Gefühl von etwas Unfeinem in ihr aufgedämmert. Er wollte sie nicht wieder loslassen. Sie mußte eine List anwenden und ihre Tür verriegeln. Aber sie hatte sich das als eine krankhafte Folge seiner langen Sehnsucht ausgelegt, die zur Besessenheit geworden war.

Jetzt war kein Zweifel möglich! Nur ein "Bewanderter" konnte es in dieser Weise auffassen. Sie war betrogen. Das Allerschönste in ihr, das von ihren feinsten Instinkten geschirmt und großgezogen worden, war hineingelockt in einen widerwärtigen Irrtum.

Sie rang den ganzen Tag damit. Verraten und geschändet nannte sie sich. Zuerst wälzte sie alle Schuld von sich. Dann nahm sie alles auf sich und verdammte sich als unbrauchbar für das Leben.

Sie greife doch nur fehl, sie verrate sich selbst. Einen Augenblick sagte sie: Mir ist Gewalt angetan, obwohl ich mich freiwillig hingegeben habe! Im andern Augenblick sagte sie: Das greift gewiß viel weiter zurück, und ich finde mich nicht heraus.

Welch ein Segen, daß ihr Zimmer unberührt und rein geblieben war. Das nebenan wollte sie nie wieder betreten, nie mehr sehen.

Ihm wollte sie nicht gehören.

Aber würde er denn schweigen? Darüber war sie beruhigt. Auf dem Gebiet lagen seine Schwächen nicht, sonst hätte sie wohl irgend etwas erfahren. Aber daß ein einziger Mensch existieren sollte, der! Sie weinte vor ohnmächtigem Zorn. Das würde ihren Lebensmut zerstören. Das würde wie ein Alp auf ihr liegen. Gerade wenn sie sich am höchsten fühlte.

Sehen wollte sie ihn! Ihm sagen, wofür sie ihn gehalten habe,und wer er sei. Zu wem sie habe hineingehen wollen,und zu wem sie hineingekommen sei. Er sollte nicht triumphieren können. Aber dazu mußte sie sein Leben kennen. Wen konnte sie fragen, wer kannte sich darin aus?

Als sie am nächsten Morgen aufwachte, war sie sich klarer. Einmal darüber, wie sie sich volle Gewißheit über Jörgen verschaffen konnte; das mußte gelegentlich geschehen, so daß keiner etwas merkte. Ebenso war sie sich klar, daß der Bruch mit ihm und die Begegnung, die den Bruch vorbereitete, hingehalten werden mußtevor allem um der beiden Alten willen. Das zweite und viel wichtigere war: ihr eigenes Leben wieder aufzubauen, aus dieser schwülen Luft herauszukommen, die sie ins Verderben geführt hatte. Da gab es nur einen Weg: ihre Arbeit aufzunehmen, sich brauchbar dafür zu machen und aus den Resultaten neuen Mut zu schöpfen.

Arbeit und Pflichttreue! Sie stützte sich auf die Ellbogen, als wolle sie die Aufrichtung in ihrem Innern versinnbildlichen, und stand im nächsten Augenblick auf den Füßen, um sich fertig zu machen.

Die fünfzigtausend Kronen, die ihr Vater also neulich Onkel Klaus gegeben, und die sie in den Büchern nicht gefunden hatte,deuteten die nicht darauf hin, daß ihr Vater noch einen Fonds in Amerika hatteaußer dem brüderlichen Geschäft? Daß die Zinsen, die er nicht aufgebraucht hatte, dort in Aktien angelegt waren? Da kürzlich 50 000 Kronen frei und hierhergeschickt waren?

Seit Jörgen ihr vorgestern von den 50 000 Kronen erzählt hatte, hatten die ihr in all den ändern Geschichten keine Ruhe mehr gelassen. Sie mußte die amerikanische Korrespondenz des Vaters prüfen; darin würde es stehen. Aber sie fand keine solche Korrespondenz,bis sie eine Truhe öffnete, die unten in dem Bücherregal stand, zu dem der Schlüssel in seinem Portemonnaie lag. Sie kannte die Truhe von ihren Reisen her; aber sie hatte nie gewußt, was sie enthielt. Hier fand sich die ganze amerikanische Korrespondenz; hier fanden sich auch die Belege. Es machte den Eindruck, als habe er schon zu Lebzeiten ihrer Mutter ihr Vermögen und alles, was damit zusammenhing, besonders verwaltet. Dann mußte aber ein recht beträchtlicher Rest geblieben sein, selbst wenn der Hauptbestand, eine Million Dollar, verloren war. Sie war wie im Fieber. Ihr Vater mußte den Brief so verstanden haben, als sei sein ganzer Besitz in Amerika verloren gegangen. So hatte sie es aufgefaßt, und die andern gleichfalls.

Den Kopf voll dieser Dinge, begab sie sich zum Vater. Sie setzte ihm alles umständlich auseinander und sagte, sie wolle gleich nach Amerika, um Klarheit zu schaffen. Er erschrak. Aber bald sah er die Notwendigkeit ein und fügte sich.

Frau Dawes war nicht so leichtgläubig. Sie vermutete, es müsse etwas geschehen sein, wovon Mary sich ablenken wolle. Aber in Marys Wesen und in ihrem Bericht über ihre Entdeckung war etwas Heftiges, etwas, das keinen Widerspruch duldete. Frau Dawes beschränkte sich daher auf einige schüchterne Einwendungen: es gebe auf dem Meer um diese Jahreszeit so viele Stürme.

Drei Tage später war Mary mit einem englisch sprechenden Mädchen auf dem Wege nach Amerika. Sie werde, sagte sie, schon jemand finden, der ihr wertvolle Hilfe leisten würde. Sie kenne so viele.

Alles ging nach Wunsch. In weniger als anderthalb Monaten war sie wieder daheim. Es war hohe Zeit gewesen, daß sie hinüberkam. Denn es sollte gerade darüber prozessiert werden, ob Anders Krog mit seinem ganzen Besitz der Kompagnon seines Bruders gewesen sei, während er es doch nur mit der Summe war, die im Geschäft steckte.

Das konnte sie beweisen.

Dieser Erfolg machte ihr Mut. Warum nicht weiter gehen? Hier hatte sie Kapital zur Verfügung, und sie hatte große Lust, etwas zu beginnen. Auch einen Holzhandel. Konnte sie das nicht so gut lernen wie jeder andere? Die doppelte Buchführung? War die so schwer? Sie fing gleich an.

Anders Krog schien aufzuleben, seit sie wieder daheim war. Die Gewißheit, daß das Vermögen, das außerhalb der Konkursmasse des Bruders stand, gerettet war, war für ihn eine große Freude. Marys Zukunft lag ihm so sehr am Herzen.

Dagegen nahm Frau Dawes sichtlich ab. Es war, als habe dieses tätige, rastlose Menschenkind seine Kräfte aufgebraucht. Selbst nach Jörgen fragte sie nicht; ihre Korrespondenz hatte sie aufgegeben.

Mary leitete den Gutsbetrieb zusammen mit dem Prokuristen und verwaltete das Vermögen gemeinsam mit einem Geschäftsmanne. Nebenbei nahm sie Unterricht und lernte. Zweimal wöchentlich war sie in der Stadt.

So ging es in den November hinein. Da bekam Anders Krog einen Brief aus Kristiania von einem nahen Verwandten, einem reichen Manne, dessen einzige Tochter sich soeben verlobt hatte. Er bat, Marit möge doch zu den Festlichkeiten hinkommen; es sollten in den beiden großen Familien deren mehrere stattfinden.

Mary war selbst erstaunt, wie große Lust sie plötzlich bekam. Der alte Adam war nicht tot. Sie trällerte auf den Fluren und in den Stuben vor sich hin, während sie ihre Reisevorbereitungen traf; sie sehnte sich nach einer neuen Umgebungund nach neuen Huldigungen. Sie suchte Genugtuung darin! Das mußte sie sich selbst zugeben.

Sie war kaum einige Tage dort, als Anders Krog einen Brief bekam, in dem Marys Lob in den höchsten Tönen gesungen wurde. Nicht das Brautpaar, sie sei der Mittelpunkt aller Bälle gewesen; nicht das Brautpaar, sie werde bevorzugt und gefeiertin erster Linie von dem Brautpaar selbst. Ihre einzigartige Schönheit, ihr vornehmes Wesen, ihre Kenntnisse und ihr Taktgefühl würden sie ihnen allen unvergeßlich machen. Sie möchten sie so gern noch eine Zeitlang dabehalten.

Anders Krog schickte den Brief zu Frau Dawes hinein mit der Bitte, ihn bald zurückzugeben; er wolle ihn noch oft lesen,

Am Tage darauf war Mary wieder daheim. Sie trat des Morgens still bei ihrem Vater in die Tür, und er erschrak, als er sie sah. Sie sei krank geworden, sagte sie, und das sah man auch deutlich genug. Sie war nicht nur blaß, sie war grau, mit übernächtigen Augen und matter Stimme. Sie gab ihrem Vater einen langen, zärtlichen Kuß, wollte aber den Brief, den er bekommen hatte, gar nicht sehen und nicht von ihrem Aufenthalt in Kristiania reden. Jetzt erst auf ein paar Minuten zu Frau Dawes, dann zu Bett und ausruhen.

Sie blieb kaum eine halbe Minute bei Frau Dawes, die sie in großer Besorgnis zurückließ.

Mary schlief den ganzen Tag, aß zu Abend eine Kleinigkeit und schlief wieder die ganze Nacht.

Als sie aufstand, sah sie aus wie immer, war frisch und wach. Der Prokurist, der Gärtner und die Haushälterin kamen zu ihr und legten Rechenschaft ab, und sie machte einen Rundgang durch das Haus. Dann kam sie lächelnd nach oben zu ihrem Vater, der sehr glücklich war, als er sie wieder so vor sich sah.

Sie kam, um ihm zu sagen, daß jetzt einer baldigen Heirat nichts mehr im Wege stehe. Jetzt hätten sie ja Vermögen. Der Vater brachte unter großen Schwierigkeiten heraus, das habe er auch schon gedacht. Seine Augen und die eine Hand sagten das übrige; daß er nämlich nichts lieber sehe.

Aber als sie dasselbe zu Frau Dawes sagte und hinzufügte, sie habe eigentlich Lust, gleich nach Stockholm zu fahren, um diesen Vorschlag zu machen (Jörgens Name wurde nicht genannt), da gewann Frau Dawes die alte Geistesschärfe wieder, richtete sich im Bett auf und fing laut zu weinen an. Nun verlor Mary den Mut, warf sich über das Bett und flüsterte: "So ist es, Tante Eva!" Sie weinte die verzweifeltsten Tränen ihres Lebens. Aber als Frau Dawes' Kummer dadurch immer größer wurde, hob Mary den Kopf: "Liebe Tante, Vater kann uns ja hören!"Sie dämpften ihre Stimmen ein wenig; Frau Dawes aber versicherte unter Tränen, dies sei ja ihre eigene Geschichte! Erst als ihr Verlobter sie soweit gehabt habe, sei ihr klar geworden, was für ein erbärmlicher Kerl er war; "aber da mußten wir uns eben heiraten. Da siehst Du, Kind, wie wir Frauen sind; wir werden nie klug."

"Oh daß Ihr diesen Menschen in mein Leben hineinziehen mußtet!" jammerte Mary. "Ich fühlte es instinktmäßig, daß ich ihn mir fernhalten müsse; aber Ihr schlugt alle Bedenken zu Boden." Nach einer Weile: "Nein, so mußt Du das nicht auffassen, Tante Eva; ich mache Euch keine Vorwürfe. Was nützt jetzt auch alles Jammern? Hier bleibt nur eins: sich mit geschlossenen Augen hineinstürzen."

Darin stimmte ihr Frau Dawes völlig bei. "Dann machst Du es wie ich: wenn die Ehre gerettet ist, läßt Du Dich von ihm scheiden.""Nein, das tue ich nicht. Dann haben wir etwas, das uns aneinander bindet.O Gott, o Gott!" sie jammerte, klammerte sich an ihre alte Freundin und erstickte ihren Verzweiflungsschrei in den Kissen. Frau Dawes saß hilflos da und stützte sie. "Das verstehe ich nicht", sagte sie. Da hob Mary rasch den Kopf: "Das verstehst Du nicht? Gerade um mich zu binden, hat er es getan. Er kannte mich." Wieder warf sie sich verzagt und verzweifelt über das Bett. Zwischen den Ausbrüchen oder vielmehr als einen Teil dieser Ausbrüche hörte man die Worte: "Es gibt keinen Ausweg! Es gibt keinen Ausweg!"

Frau Dawes hatte nicht die Kraft und nicht den Mut, bei soviel Leid nach Worten zu suchen.

Es mußte sich austoben. Bis die Empörung sich abkühlte. Frau Dawes merkte, wie allmählich etwas anderes sich emporarbeitete. Mary hob den Kopf, ihre verweinten Augen waren voll Haß: "Ich dachte, ich hätte mich einem Gentleman hingegeben. Aber ich geriet an einen Spekulanten." Damit stand sie langsam auf. "Willst Du ihm das sagen, Kind?""Mit keinem Wort! Nichts, absolut nichts dergleichen. Ich will sagen, wir müssen heiraten."

Drei Tage darauf wurde Jörgen Thiis im Ministerium des Auswärtigen ein Brief überbracht. Er war von Mary. "Ich bin im Grand Hôtel und erwarte Dich Punkt zwei Uhr draußen auf dem Trottoir."

Er wußte sofort, was das zu bedeuten hatte. Er brach eilig auf, denn die Uhr war dreiviertel zwei. Erst auf der Treppe fiel ihm auf, daß er sie "draußen auf dem Trottoir" treffen solle.

Sie wollte nicht mit ihm in ihrem Zimmer allein sein.

Das änderte seinen Plan. Er ging nach seiner Wohnung und erlöste einen kleinen schwarzen Pudel aus seiner Gefangenschaft, ein wertvolles Tier, das er dressierte; denn es war ein rechter Tolpatsch.

Auf der Straße war richtiges Tauwetter, so daß der Hund gleich Weisung bekam, auf dem Trottoir zu bleiben, wo es sauber war. Nach ein paar lustigen Seitensprüngen hatte es Erfolg; der Hund hatte Angst vor Jörgens dünnem Stock.

Schon von weitem sah er Marys schlanke Gestalt. Sie stand mit dem Rücken nach ihm, gegen das Schloß gewandt. Kein Passant weiter, kein Mensch sonst vor dem Hôtel. Sein Herz klopfte heftig; allzuviel Mut hatte er nicht.

Sie wurde ihn gewahr, als der Hund auf sie zulief wie auf einen guten alten Freund, Sie hatte Hunde sehr gern; einzig das Wanderleben hatte sie abgehalten, sich einen anzuschaffen. Und dieser war so sauber, so hübsch und so appetitlich, so ganz nach ihrem Geschmack, daß sie sich unwillkürlich zu ihm hinunterbeugte; im gleichen Augenblick sah sie Jörgen. Sie richtete sich sofort in die Höhe: "Ist das Dein Hund?" fragte sie, als hätten sie sich vor einer halben Stunde hier auf der Straße getrennt. "Ja", antwortete er, indem er ehrerbietig den Hut zog. Da bückte sie sich wieder zu dem Hunde hinunter und streichelte ihn. "Nein, wie bist Du niedlich! Du reizender Kerl! Nicht anspringen!" "Nicht anspringen!" klang es verstärkt von Jörgen her. Sie richtete sich wieder in die Höhe. "Wohin gehen wir?" sagte sie, "ich bin noch nie hier gewesen.""Wir können ja geradeaus gehen und dann um die Ecke, dann kommen wir an das John Ericson-Denkmal.""Ja, das möchte ich gern sehen." Sie setzten sich in Bewegung.

"Wirst Du herkommen?" rief Jörgen dem Hunde zu und hob den Stock. Jörgen fühlte sich verletzt, daß sie ihm nicht einmal die Hand gegeben hatte. Wehleidig kam der Hund an; aber bald war er wieder vergnügt, denn Mary sprach mit ihm und streichelte ihn.

"Ich habe einen kleinen Abstecher nach Amerika gemacht", sagte sie."Ja, das hab' ich gehört."

"Die fünfzigtausend Kronen, von denen Du sprachst, fand ich nicht in den Büchern, und ich dachte mir, es müsse noch eine Abrechnung da sein, die das Vermögen in Amerika betraf. Und so war es auch. Folglich wurde es nötig, hinzureisen, um zu retten, was noch zu retten war. Die Hauptsumme war verloren."

"Wie verlief die Sache?""Ich habe das mitgebracht, was von den Zinsen in all den Jahren nicht aufgebraucht war."

"Das Geld war gut angelegt?""Ich glaube besser, als es in Europa möglich gewesen wäre."

Hier gab es ein kleines Intermezzo. Der Hund war vom Trottoir heruntergelaufen und bekam ein paar Hiebe. Das empörte Mary. "Herrgott, der Hund weiß das doch nicht.""Oh, er weiß es recht gut. Aber er hat nicht gehorchen gelernt."

Sie gingen ziemlich schnell weiter. "Warum erzählst Du mir das?" fragte Jörgen. "Weil wir jetzt heiraten können.""Ja, wieviel ist es denn?""Zweihunderttausend.""Dollar?""Nein, Kronen. Und dann noch die Fünfzigtausend.""Das ist nicht genug.""Zusammen mit dem, was wir sonst noch haben?""Dies 'sonst' bringt augenblicklich nahezu nichts ein. Das weißt Du doch."

Mary begann sich elend zu fühlen. Er merkte es ihrer Stimme an, als sie sagte:

"Wir haben doch den Wald in Reserve.""Der frühestens in drei Jahren abgeholzt werden kann? Vielleicht erst in vier, fünf? Es kommt auf das Wachstum an."Mary sah ein, daß, er recht hatte; warum hatte sie dies erwähnt?

"Aber zehn, zwölftausend Kronen jährlich ...?""In unserer Stellung will das nicht viel sagen."

Wieder ein Intermezzo. Hier war kein Trottoir, sondern ein großer, freier Platz mit rechtem Morast. Sie hatten beide den Hund vergessen. Ein dicker, schmutziger Schifferhund, auch ein Pudel, war auf Landurlaub mit ein paar Matrosen, die die Straße entlangschlenderten. Diesem willkommenen Kameraden hatte Jörgens Hund sich angeschlossen. Er wurde mit Not und Mühe zurückgerufen, schmutzig, wie er schon war. Als Mary auch rief, kam er freudig und glückselig an, bekam aber einen Schlag mit der Peitsche und winselte."Es ist doch merkwürdig," sagte Mary, "daß Du mit so einem netten Hund nicht Frieden halten kannst!" Sie dachte an den alten Finnenhund bei ihren Nachbarsleuten daheim, gegen den er auch so häßlich gewesen war. Jörgen antwortete nicht. Der Hund aber lief demütig hinterher, und als Jörgen sich davon überzeugt hatte, sagte er: "Weiß Onkel Klaus etwas von dem Vermögen?""Ich glaube, außer uns weiß kein Mensch etwas davon.Warum fragst Du?""Es ist richtiger, mit Onkel Klaus zu reden."Sie blieb verwundert stehen: "Mit Onkel Klaus?" Jörgen stand auch still. Jetzt sahen sie sich an. "Wir kommen weiter damit", sagte Jörgen. "Bei Onkel Klaus?" sie sah ihn starr an. Sie verstand ihn nicht. "Für die Ehre der Familie tut er viel", sagte Jörgen mit einem raschen Seitenblick, indem er weiterging. Sie war kreidebleich geworden, folgte ihm aber. "Müssen wir uns Onkel Klaus anvertrauen?" flüsterte sie hinter ihm. Weiter konnte die Demütigung nicht gehen. "Wir tun es!" antwortete er aufmunternd und beinahe fröhlich; "jetzt sagt er nicht nein." Hatte er das mit in Berechnung gezogen?

Er kam näher an sie heran: "Sieh mal, wenn Onkel Klaus nichts von dem Vermögen weiß, bekommen wir mehr!"

Er hatte es gut durchdacht! So widerlich ihr das war, es imponierte ihr doch. Jörgen war gewiß bedeutender, als sie geglaubt hatte. Wenn er erst all seine Fähigkeiten entfaltet hatte, würde er noch andere als sie überraschen.

Sie zog sich zusammen wie ein Blatt bei übermäßiger Hitze. "Willst Du die Sache mit Onkel Klaus selbst in Ordnung bringen?""Ich reise natürlich sofort mit Dir nach Hause. Du hättest nicht zu kommen brauchen; eine Mitteilung hätte genügt."

Sie ging mit gesenktem Kopf neben ihm her und zitterte am ganzen Leibe. Seine Überlegenheit ängstigte und lahmte sie; seine Erwägungen verursachten ihr Übelkeit. Es war, wie schon einmal, daß sie einen Fuß nicht vor den andern setzen konnte; sie konnte nicht weiter.

Da hörte sie Jörgen rufen: "Komm her, kleiner Satan!" Wieder der Hund. Dieser schmutzige Lümmel von Kamerad hatte ihn abermals vom Weg der Pflicht fortgelockt. Jörgens Stimme hatte so etwas Eigentümliches, wenn sie befahl: sie war gedämpft und scharf zugleich.

Der Hund kannte sie und ließ es dabei bewenden, zweifelnd aufzublicken. Da er aber mit einem glücklichen Leichtsinn begabt war, warf er sich plötzlich lustig auf seinen Kameraden und nahm das Spiel wieder auf, als sei nichts geschehen.

Mary stand und zog eine Lehre daraus. Es war gerade an dem John Ericson-Denkmal, wo dies geschah. Sie blickte zu dem Kunstwerk auf; sie schaute in John Ericsons große, gute, nachdenkliche Augen, bis ihre eigenen sich mit Tränen füllten. Sie war so unglücklich.

Währenddessen plagte sich Jörgen mit dem Hunde. Sein Erziehungsprinzip war, daß der Hund nie im Streit mit seinem Herrn seinen Willen bekam. "Komm her, Du kleiner Rumtreiber", sagte er schmeichelnd. Der Hund war ganz verdutzt. Er hielt mitten im Spielen inne. "Na, so komm doch, Freundchen!" Er sprang mit ein paar lustigen Sätzen auf ihn zu, er dachte an gute, gemütliche Stunden; vielleicht war dies so eine? Aber woran es nun lag,ihm stiegen Zweifel auf, er warf sich herum und wälzte sich bald wieder mit seinem schmutzigen Freunde auf der Straße.

Die Vorübergehenden standen still; sie hatten ihren Spaß an dem Ungehorsam des Hundes. Das reizte Jörgen. Mary fühlte es, und sie wollte dem Hunde helfen; sie stand hinter Jörgen und sagte leise auf französisch: "Es ist nicht recht, ihn erst zu locken und dann zu schlagen." Aber da wurde Jörgen noch eigensinniger. "Davon verstehst Du nichts", antwortete er auch auf französisch und lockte den Hund wieder.

Mit der unüberlegten Leichtgläubigkeit, die freundlichen kleinen Hunden eigen ist, hielt der Hund im Spiel inne und sah nach ihm hin. Den Stock hinter sich, kam Jörgen auf ihn zu und lockte ihn. Er war wütend über das Lachen der andern, versteckte seine Wut aber hinter sanften Worten. "Komm doch, Freundchen!"

"Trau' ihm nicht!" rief ein englischer Matrose; aber es war zu spät. Jörgen hatte ihn schon an dem einen langen Ohr gepackt. Der Hund heulte auf, Jörgen mußte ihn gekniffen haben. Mary rief auf französisch: "Schlag ihn nicht!" Aber Jörgen schlug ihn trotzdem. Nicht sehr hart, aber der Hund heulte fürchterlich; er hatte solche Angst. Jörgen schlug ihn wieder; auch jetzt nicht hart, mehr um die ganze Gesellschaft zu ärgern. Der Hund schrie so gottsjämmerlich, daß Mary nicht hinsehen konnte. Sie blickte hinauf in John Ericsons gute, große Augen und sagte: "Mit diesen Schlag hast Du mich von Dir getrennt, Jörgen!"

Im Nu ließ er den Hund los und richtete sich auf. Er sah ihre flammenden Augen, das weiße Gesicht und die schlanke, stolz aufgerichtete Gestalt. Über ihr John Ericsons Haupt.

Nur einen Augenblick. Dann hatte sie sich umgedreht und schritt in leichtem, frohem Tempo davonder Hund hinterher.

Die Leute lachten, die englischen Matrosen mit herausforderndem Spott,Jörgen ging hinterher.

Aber als sie merkte, daß der Hund ihr folgte und nicht ihm, und als seine Augen die ihren suchten, um zu erfahren, was sie jetzt wolle, da schlug ihre ganze Angst in ausgelassene Fröhlichkeit um. Das war so ihre Art. Sie klatschte in die Hände und lief, und der Hund sprang kläffend um sie herum.

Der Bann war gebrochen, die Schande getilgt,nun ade Jörgen und alles, was drum und dran ist!

"Nicht wahr, Du kleiner Befreier?" Der bellte.

Sie sah sich nach Jörgen um. Er getraute sich anstandshalber nicht so schnell zu gehen.

"Aber wir beide getrauen uns, nicht wahr?" Sie klatschte wieder in die Hände und lief, und der Hund lief bellend mit.

Dann schlug sie ein langsameres Tempo an; sie spielte mit ihm und plauderte mit ihm; Jörgen war ja so weit zurück. "Eigentlich müßtest Du 'Liberator' heißen, aber der Name ist zu lang für so einen kleinen, schwarzen Hanswurst. Du sollst John heißen,ja, das sollst Du! Du sollst nach dem heißen, der mich angeblickt hat, daß ich Mut bekam!" Wieder lief sie weiter und der Hund mit. "Du folgst mir und nicht ihm! Das ist recht, das ist gut! Das hat der auch getan, nach dem Du heißt. Er folgte den Sklavenpeitschen nicht; er hielt zu denen, die Freiheit brachten!" Jetzt bogen sie um die Ecke, Jörgen war nicht zu sehen.

Als er nachher ins Hotel kam, ließ sie sich verleugnen; und doch hatte er sie hineingehen sehen. Er sagte, sie habe seinen Hund. Ja, davon wisse man nichts.

Er mußte gehen. Er hatte sie wie auch den Hund verloren.

Oben auf ihrem Zimmer aber fragte Mary den Hund: "Willst Du mir gehören? Willst Du bei mir bleiben, Du kleiner, schwarzer John?" Sie klatschte in die Hände, damit er sein fröhliches Ja bellen solle. Damit war die Eigentumsfrage entschieden. Sie bekam einen Brief von Jörgen, vermutlich über diesen Punkt; den verbrannte sie ungelesen.

Sie nahm an, sie werde ihn auf dem Bahnhof treffen, wenn der Zug nach Norwegen abfuhr, und dann werde er sein Recht fordern. Sie kam mutig angefahren, ihren frischgewaschenen, gekämmten und parfümierten Hund neben sich. Jörgen war nicht da.

Sie schlief die ganze Nacht, den Hund auf ihrer Reisedecke.

Aber mit dem Morgen kamen die Gedanken. Nun war sie allein. Hatte allein die Verantwortung.

Bis jetzt hatte sie sich ja selbst mit aller Gewalt in den einzigen engen Ausweg hineingehetzt: sich sofort mit Jörgen zu verheiraten, auf einer Reise ins Ausland dem Kinde das Leben zu gebenund dann bis ins Unendliche auszuhalten.

Aber sich mit einem Menschen zu verheiraten, den sie verabscheute, nur um sich ein Feigenblatt zu leihen,wie unverständlich ihr das jetzt geworden war! Sie hatte es versucht, weil man in ihrer Umgebung so dachte, und weil sie in einer Sonderstellung war; die duldete keinen Fleck auf dem Festgewande.

Aber jetzt sagte sie "pfui, pfui!" ganz laut. Und als der Hund sofort aufblickte, fügte sie hinzu: "Dies war meine 'Hundereise', will ich Dir sagen! Der Abschluß meiner 'Hundegeschichte'!"

Aber was nun?

Sie wußte, was man noch tun konnte. Aber dann mußte man zwei Mitwisser haben, Jörgen und noch einen. Das war zuviel. Dann konnte sie nicht stolz und frei dahinschreiten,und das mußte sie können.

Ja, was nun?

Solange die "Hundereise", die "Hundegeschichte" ihr wie ein Befehl erschienen war, wie etwas um ihrer Ehre willen unumgänglich Notwendiges, hatte sie an die letzte, an die allerletzte Zufluchtsstätte nicht im Ernst gedacht.

Jetzt war es ernst.

Sie sah traurig in die treuherzigen Augen des Hundes, als suche sie auch hier einen Ausweg. Sie begegnete der unverfälschtesten Lebenslust und Anhänglichkeit. Sie schmiegte ihren Kopf in sein Fell und weinte. Sie war noch so jung,sie hatte keine Lust zu sterben.

Zum erstenmal weinte sie über sich selbst; sie tat sich leid. Sie konnte nicht begreifen, womit sie dies verdient habe. Auch konnte sie sich nicht klar werden, wie es gekommen war.

Der Hund merkte, daß sie nicht froh sei. Er leckte ihr die Hände und guckte ihr in die Augen. Er winselte, weil er hochwollte und sie trösten.

Da nahm sie ihn auf und beugte sich über ihn, was er als Spiel auffaßte. Er schnappte nach ihren Händen. Darauf ging sie ein. Die fröhlichste Kinderei begann zwischen den beiden und wollte gar kein Ende nehmen, weil er nicht genug bekommen konnte; immer wenn sie aufhörte, fing er wieder an.

Da begann sie mit ihm zu plaudern: "Kleiner, schwarzer John, Du kommst mir wie ein Neger vor. Du erinnerst mich daran, daß Dein Name die Neger befreit hat. Befreit von der Sklaverei. Du hast mich davor bewahrt, in die Sklaverei zu kommen.

"Aber es ist eine schlechte Befreiung, weißt Du, wenn ich nicht mit Dir weiter leben darf. Findest Du das nicht auch?" Und dann weinte sie wieder.Mit dichtverschleiertem Gesicht fuhr sie durch die Stadt von einem Bahnhof zum andern, den Hund neben sich auf dem Sitz. Sie sah keinen Bekannten. Aber wenn die wüßten?

Oh, diese gerichtete und getötete Krähe, die Jörgen aufheben wollte, und vor der sie weglief,sie wußte gar nicht, daß sie die so genau gesehen hatte! Den zerfetzten Hals, den zerhackten Bauch, die leeren Augenhöhlen,das rote Fleisch grinste sie an, sie kam während dieser ganzen schrecklichen Fahrt nicht davon los.

Hier draußen war's Winter. Sie hatte seit vielen Jahren keinen Winter mehr gesehen. Die absterbende, hinwelkende Natur hatte sie gesehen, aber nicht die Umwandlungskraft des Winters, die die Verödung mit dem allerweißesten Weiß zudeckt und in Wald und Feld willkürlich Veränderungen schafft. Der Fjord war noch nicht zugefroren; er rauschte schwarzgrau von allen Seiten heran, herausfordernd, hart, wie ein Ungeheuer, das nach Kampf dürstet.

Die Fahrt durch die Stadt hatte ihre Phantasie aufgerührt, die jetzt in die Gewalt der Naturkräfte geriet. Ihre Ohnmacht wurde ihr umso tiefer fühlbar. Konnte *sie* den Kampf aufnehmen? Konnte sie ans Ziel kommen, bis die Zeit der Umwandlung da war? Sie mußte sich vorher ins Wasser stürzen.

Wie sie mit diesen Gedanken spielte,sah sie ihres Vaters Gesicht vor sich. Wie konnte sie leben, ohne ihm zu sagen, was bevorstand? Nie, nie konnte sie ihm das sagen. Sie konnte ihm nicht einmal sagen, daß es mit Jörgen aus sei. Er würde das nicht ertragen können.

Wenn sie statt zu redenverschwände?! Du ewiger Himmel; das würde ihn auf der Stelle töten.

Auf der ganzen Fahrt keine Angst mehr vor den andern und nicht ein bißchen Angst vor sich selber, einzig und allein vor ihm.

So ermattet, so voller Seelenangst kam sie heim, daß sie zu weinen anfing, als sie das Haus erblickte. Einen so schweren Gang waren wohl nicht viele gegangen. Selbst die Freudensprünge des Hundes, als er festen Boden unter sich hatte, konnten sie nicht ablenken. Sie ging nach oben, um sich zu waschen und umzukleiden, und bat, man möge ihren Vater und Frau Dawes benachrichtigen, daß sie wieder da sei. Das kleine Mädchen war mit in ihrem Zimmer und half ihr; es war Mary nicht angenehm, daß Nanna in jedem freien Augenblick mit dem Hunde spielte; aber sie sagte nichts.

Sie sah sehr angegriffen aus. Daß sie geweint hatte, war deutlich zu sehen.

Aber das war vielleicht ganz gut. Dann merkte er doch gleich, daß es nicht gut stehe. Wenn er es nur überstände! Sie mußte ihm dann schnell auseinandersetzen, daß die Reise lang und beschwerlich gewesen sei, und daß Jörgen das Vermögen in ihrer Stellung nicht ausreichend finde, um sich daraufhin zu verheiraten. Sie müßten auf Onkel Klaus warten.

Wenn sie weinen mußte, und das mußte sie sicher, so müde und verzagt, wie sie jetzt war, so war das eine Vorbereitung für das nächste Mal. Wenn er es nur überstände.

Aber was sollte sie anders tun? Wenn sie nicht sofort kam, ahnte er Unheil und ängstigte sich, und das konnte er auch nicht vertragen.

Sie zitterte, als sie vor der Tür stand. Nicht bloß aus Angst vor ihm, nein, auch weil sie nicht vor ihm niedersinken und ihm alles sagen und sich bei ihm ausweinen durfte. Wie schrecklich das alles war.

Aber das Leben ist manchmal barmherzig.

Er war nicht von ihrer Ankunft benachrichtigt worden, weil er schlief. Die Pflegerin stand draußen auf dem Flur, um Mary Bescheid zu sagen, wenn sie komme. Warum sie nicht anklopfte und es ihr durch die Tür zurief? Weil das nun einmal so ihre Art war. Als Mary jetzt herauskam, stand aber die Pflegerin nicht auf dem Flur, sondern auf der Treppe. Das Mädchen brachte nämlich das Mittagessen für den Kranken; das holte die Pflegerin sonst immer selbst, und geniert, daß sie es heute nicht hatte tun können, wollte sie ihr doch wenigstens entgegengehen und es ihr auf der Treppe abnehmen.

Gerade in diesem Augenblick öffnete Mary die Tür zu ihres Vaters Zimmer. Sie blieb auf der Schwelle stehen, weil die Pflegerin jetzt auf sie zukam und flüsterte: "Er schläft, gnädiges Fräulein!"

Der Hund aber kümmerte sich nicht darum. Der war schon drin, hatte die Pfoten auf den Bettrand gelegt und das Gesicht war dicht vor dem Antlitz des Kranken, der gerade aufwachte. Aufwachte, wo diese schwarze Fratze ihm in die Augen starrte. Sie öffneten sich weit und schweiften voll Entsetzen durch das Zimmer, wo sie Marys Blick begegneten. Sie stand bleich und wie gelähmt vor Schreck in der Tür. Er wandte den Kopf nach ihr hin, seine Augen blieben an ihr hängen, es kam ein Seherblick in sie. Dann sank der Kopf zurück.

"Er stirbt!" schrie die Pflegerin hinter ihr auf. Sie setzte das Tablett hin und eilte zu ihm.

Mary konnte es zuerst nicht glauben; aber als sie es begriff, warf sie sich mit einem herzzerreißenden Schrei über ihn. Der fand im Zimmer nebenan bei Frau Dawes einen Widerhall. Als sie dorthin eilten, lag sie ohne Bewußtsein. Sie kam nachher so weit zu sich, daß sie die Zunge bewegen konnte. Sie stammelte allerhand in einem krausen Englisch, das keiner verstand;der Arzt aber sagte, es sei mit ihr gewiß auch bald aus. Der Vater war tot.

Mary klammerte sich an ihren Verstand, als halte sie ihn in ihren Händen. Jetzt galt es, jetzt galt es; nur nicht nachgeben. Nicht schreien, nicht denken. Denn sie hatte ihn ja nicht getötet! Es hieß: fassen und begreifen, was die andern sagten, und dem Vorschlag beistimmen, daß ihres Vaters Schwester geholt werden solle. Es galt, ihrem eigenen Jammer nicht freien Lauf zu lassen, als sie die Trauer der Tante sah. Es galt, es galt! "Hilf mir, hilf mir," schrie sie, "daß ich nicht wahnsinnig werde!" Und zum Doktor sagte sie: "Ich habe ihn nicht getötet,oder doch?"

Er schickte sie zu Bett, machte ihr kalte Umschläge und verließ sie nicht. Auch er versicherte, es gelte!

Erst als die kleine Nanna am andern Morgen früh mit dem Hunde zu ihr kam und der bei ihr im Bett liegen wollte, konnte sie weinen.

Im Lauf des Tages wurde es besser; denn durch das Telephon strömte eine so gewaltige Menge von Telegrammen ins Haus, und es war eine so herzliche, oft tiefbewegte Teilnahme in ihnen ausgedrückt, daß ihre Trauer davor schmolz. Dieses Mitgefühl, diese Bewunderung für ihren Vater und der innige Wunsch, sie zu trösten und zu stärken, halfen ihr. Durch die unvorsichtige Abschrift einer dieser telephonischen Depeschen erfuhr sie, daß auch Frau Dawes tot war. Man hatte sich nicht getraut, es ihr zu sagen. Aber die große allgemeine Teilnahme half ihr auch darüber hinweg. Jetzt erst verstand sie die Teilnahme ganz. Alle außer ihr hatten gewußt, daß sie die beiden verloren hatte, und daß sie nun ganz allein stand.

Am meisten erschütterte sie ein Telegramm aus Paris, das folgenden Wortlaut hatte: "Meine geliebte Mary! Wenn Dich in Deinem großen Schmerz das Bewußtsein trösten kann, daß Du bei mir ausruhen kannst, so bestimme über mich; ich will mit Dir reisen, ich will zu Dir kommen, ganz wie Du wünschst! Treulich Deine Alice."

Sie ahnte, wer Alice benachrichtigt hatte.

Auch Jörgen telegraphierte: "Wenn ich Dir im geringsten nützlich sein oder Dich trösten kann, so komme ich sofort. Ich bin zerschmettert und verzweifelt."

Die gleiche rührende und ehrenvolle Teilnahme zeigte sich auch beim Begräbnis, das drei Tage später stattfand. Man hatte es um Marys willen möglichst früh angesetzt.

Es kamen Blumensendungen ohne Ende, vor allem aber ein Kranz von Alice. Frische norwegische Blumen.

Er wurde zu Mary hinaufgebracht, sie wollte ihn sehen. Das ganze Haus war von Blumenduft erfüllt, mitten im Winter; der Hauch der Liebe breitete sich über die Schlummernden.

Sie war nicht unten; sie mochte die Särge und die Blumen und die Vorbereitungen nicht sehen. Unten in den Zimmern wurden denen, die weither kamen, Erfrischungen gereicht.

Aber es erschienen viel mehr Menschen, als das Haus fassen konnte, und unten an der Kapelle war ein noch größerer Andrang.

Der Pfarrer fragte, ob er zu dem gnädigen Fräulein hinaufkommen dürfe. Sie ließ ihm danken, sagte aber nein.

Gleich darauf fragte die kleine Nanna, ob "Onkel Klaus" sie begrüßen dürfe. Er hatte ein rührendes Telegramm geschickt und angefragt, ob er ihr irgendwie behilflich sein könne. Außerdem war der Kranz von ihm so großartig,wie die Dienstboten versichertendaß man auch den nach oben gebracht hatte, damit sie sich ihn ansehen solle.

Sie sagte ja. Und herein kam der große Mann im schwarzen Anzug, schnaufend, als falle ihm das Atmen schwer. Kaum war er im Zimmer und sah Mary wie eine Elfenbeinstatue mit dem schwarzen Kleid neben ihrem Bett stehen, da setzte er sich auf den nächsten Stuhl und brach in Tränen aus. Es klang, als wenn in einer großen Uhr die Feder springt und das ganze losschnarrt. Es war das Weinen eines Mannes, der seit seiner Kindheit nicht mehr geweint hatte. Ein Weinen, das sich über sich selbst entsetzte. Er sah nicht auf.

Aber er hatte etwas auf dem Herzen, das merkte sie. Es war, als wolle er ein paarmal einen Anlauf nehmen, aber dann packte ihn das Weinen noch schlimmer. Da winkte er mit der Hand ab. Das galt nicht ihr, das galt ihm selbst; er konnte nicht. Er stand auf und ging. Die Tür machte er nicht hinter sich zu. Sie hörte ihn schluchzen den Flur entlang und die Treppe hinunter. Vermutlich brach er jetzt sofort auf.

Mary war ergriffen. Sie wußte, ihr Vater war sein bester, vielleicht sein einziger Freund gewesen. Aber sie ahnte, daß das Weinen nicht nur ihrem Vater galt; es lag auch unmittelbare Teilnahme darin und Reue. Sonst wäre er unten am Sarge geblieben.

Die schöne Glocke der Kapelle begann zu läuten. Der Hund, der den ganzen Tag bei ihr im Zimmer hatte bleiben müssen und sehr unruhig gewesen war, stürzte jetzt ans Fenster, das auf die See hinausging, und legte die Pfoten aufs Fensterbrett, um hinauszusehen. Mary trat zu ihm.

Im selben Augenblick fuhr Onkel Klaus fort. Unten in den Zimmern aber wurde ein Choral angestimmt, das Trauergefolge kam. Die beiden Särge wurden von Bauern der Umgegend getragen. Als der erste herauskam, sank Mary in die Knie und weinte, als solle das Herz ihr brechen. Weiter sah sie nichts.

Sie lag auf dem Bett, das Glockengeläute schnitt ihr ins Herz; sie hatte das Gefühl, es müsse Furchen durch die Seele ziehen. Ihre Sinne verwirrten sich immer mehr; sie war überzeugt, ihr Vater habe, als sie in der Tür stand, in sie hineingesehen, und daran sei er gestorben. Frau Dawes war ihm wie immer gefolgt. Er war die einzige, große Liebe ihres Lebens gewesen. Jetzt waren sie beide bei ihr. Auch ihre Mutter in einem weißen, schleppenden Kleide. "Du frierst, Kind!" Sie nahm sie in die Arme, denn Mary war wieder ein kleines Kind und ganz unschuldig. Darüber schlief sie ein.

Aber als sie aufwachte und draußen und drinnen keinen Laut hörte,das Haus war leer ... da faltete sie die Hände und sagte halblaut: "Es war das beste für uns drei. Das Schicksal war barmherzig mit uns."

Sie sah sich nach dem Hund um; sie brauchte Teilnahme. Aber irgendeiner mußte ihn hinausgelassen haben, während sie schlief.

Das genügte, um wieder in Tränen auszubrechen. Perle auf Perle aus der unerschöpflichen Schmerzensquelle rann ihr über Wangen und Hände, wie sie so dalag und den schweren Kopf stützte.

"Jetzt kann ich anfangen, wieder an mich selbst zu denken. Jetzt bin ich allein."

Entscheidung

Am nächsten Tage ging sie zu den Gräbern hinunter. Ihr Schmerz wurde durch einen kleinen Zwischenfall abgelenkt.

Es war Sonnabend und morgen war einer der wenigen Sonntage des Jahres, da in der Kapelle Gottesdienst stattfand. Zu solchen Tagen pflegten wohl die Gräber geschmückt zu werden. Da das rechte Nachbargehöft früher zu Krogskog gehört hatte, hatten die Leute hier ihren Begräbnisplatz. Die Frau war hingekommen, um ein frisches Grab zu schmücken, und der alte Wolfshund hatte sie begleitet. Natürlich flog Marys kleiner Pudel treuherzig auf ihn zu, und zu Marys und der Frau Erstaunen nahm der alte Hund nach einer umständlichen und vorsichtigen Beriechung den kleinen Narren in seine Freundschaft auf. Er, der sonst keine jungen Hunde leiden mochte, verliebte sich in ihn. Er litt, daß er ihn an den Ohren zerrte und ihn in die Beine biß, ja, er legte sich vor ihm nieder und spielte den Überwundenen. Mary machte das solche Freude, daß sie die Frau ein Stück begleitete, um dem Spiel zuzusehen. Und sie wurde dafür belohnt; denn sie hörte warme Lobesworte über ihren Vater und einen Widerhall all dessen, was in diesen Tagen in der Umgegend gesprochen worden war und den Grund zu seinem Nachruhm legte.

Als sie mit dem Hunde, der jetzt sehr aufgekratzt war, wieder nach Hause ging, dachte sie: werde ich wohl Mutter ähnlich? Ist irgend etwas in mir, das bisher keinen Platz gehabt hat? Etwas Idyllisches?

Es warteten ihrer an diesem Tage zwei Dinge.

Das eine war ein Brief von Onkel Klaus, er nannte sie "Hochverehrtes, liebes Patenkind, Fräulein Mary Krog."

Daß er ihr Pate war, hatte sie nicht geahnt. Das hatte ihr Vater ihr nie gesagt; wahrscheinlich wußte er es gar nicht.

Onkel Klaus schrieb:

"Es gibt Gefühle, die zu stark für Worte sind, zumal für geschriebene. Ich bin kein Held der Feder; ich nehme mir nur die Freiheit, Dir schriftlich mitzuteilen,weil ich es mündlich nicht konnte,daß ich an demselben Tage, da mein unvergeßlicher Freund, Dein Vater, starb, und Frau Dawes, Deine edle Pflegemutter, gleichfalls starb, und Du allein zurückbliebst, Dich, mein liebes Patenkind, zu meiner Erbin eingesetzt habe.

Mein Vermögen ist bei weitem nicht so groß, wie allgemein angenommen wird; ich habe auch in der letzten Zeit viel Pech gehabt. Aber es ist schließlich doch genug für uns beide, wenn Du Deinen Teil verwaltest und nicht Jörgen. Ich gehe nämlich davon aus, daß Ihr jetzt heiratet.

Seit vielen Jahren habe ich Frau Dawes' Testament bei mir liegen, wie ich auch ihr Geld in Verwaltung gehabt habe. Gestern habe ich das Testament geöffnet. Sie hat Dir alles vermacht, was sie besitzt. Es sind wohl an sechzigtausend Kronen. Aber es ist mit diesem Gelde ebenso bestellt wie mit dem Gelde Deines Vaters: es trägt zurzeit so gut wie keine Zinsen.

Dein Pate Klaus Krog."

Mary antwortete sofort:

"Mein lieber Pate!

Dein Brief hat mich tief gerührt. Ich danke Dir von ganzem Herzen.

Aber Dein großes Geschenk darf ich nicht annehmen.

Jörgen ist doch Dein Pflegesohn, und ich möchte ihm in keiner Weise im Wege stehen.

Du darfst mir das nicht übelnehmen. Ich kann unmöglich anders handeln.

Über Frau Dawes' Testament werde ich später meine Bestimmungen treffen und sie Dir dann mitteilen.

Deine dankbare

Mary Krog."

Als sie den Brief fertig hatte, hörte sie einen Wagen vorfahren. Gleich darauf wurde ihr eine Visitenkarte überbracht; darauf stand: Margrete Röy, cand. med.

Es dauerte eine Weile, bis sie hereinkam; sie hatte ihren Reisemantel abgenommen; es war ein kalter Tag. Das erhöhte Marys Spannung beträchtlich, so daß sie, als die hohe, kräftige Frauengestalt mit den guten Augen in der Tür stand, blaß wurde und zitterte. Sie merkte, was das auf die guten Augen für einen Eindruck machte, die jetzt ihr ganzes Mitgefühl über sie hinströmten. Als kennten sie beide sich seit vielen Jahren, ging Mary ihr entgegen, legte den Kopf an ihre Schulter und weinte. Margrete Röy zog das unglückliche Mädchen warm an ihre Brust.

Sie setzten sich. Sie wollte sich erkundigen, wann Mary ins Ausland gehe. Mary war sehr erstaunt: "Habe ich darüber mit jemandem gesprochen?"Margrete Röy erklärte ihr, sie habe es von der Pflegerin erfahren. "Ach," antwortete Mary, "was ich in dem Zustand gesagt habe, weiß ich nicht mehr. Ich habe jedenfalls nachher nicht wieder daran gedacht."

"Also Sie wollen nicht fort?" Mary bedachte sich eine Weile. "Ich kann es wirklich noch nicht sagen. Soweit bin ich noch nicht wieder zu mir selbst gekommen." Margrete Röy wurde verlegen. Das sah Mary, oder richtiger, sie fühlte es. "Wollen Sie etwa auch ins Ausland?" fragte sie. "Ja. Ich wollte hören, ob ich Ihnen irgendwie dienlich sein kann, dann wollte ich meine Reise nach Ihrer einrichten.""Wohin reisen Sie denn?""Ich reise im Interesse meines Studiums und fange mit Paris an. Die Pflegerin sagte mir, dahin wollten Sie auch", fügte sie hinzu. Sie war ganz schüchtern geworden. Sie hatte Mary helfen wollen und kam sich nun aufdringlich vor. "Ich weiß, Sie meinen es gut", antwortete Mary. "Es kann ja sein, daß ich von Paris gesprochen habe. Ich erinnere mich nicht. In Wirklichkeit habe ich noch nichts beschlossen.""Ja, dann müssen Sie schon verzeihen. Dann beruht alles auf einem Mißverständnis." Fräulein Röy stand auf.

Mary hatte das Gefühl, sie müsse sie zurückhalten; aber sie hatte nicht die Kraft. Erst an der Tür vertrat sie Fräulein Röy den Weg. "Ich möchte in den nächsten Tagen einmal mit Ihnen sprechen, Fräulein Röy." Sie sagte es sehr leise und blickte nicht auf. "Heute fühle ich mich nicht kräftig genug", fügte sie hinzu."Das sehe ich. Das habe ich auch angenommen. Deshalb habe ich Ihnen etwas mitgebracht, wovon Sie vielleicht Gebrauch machen können. Es ist das beste Kräftigungsmittel, das ich kenne."

Nein, wie sympathisch ihr ganzes Wesen Mary berührte. Sie dankte ihr herzlich.

"Wenn ich etwas gesunder bin, komme ich also.""Sie sollen mir willkommen sein.""Ja," sagte Mary errötend, "es ist Ihnen doch nicht unangenehm, zu mir zu kommen?""In Ihr Haus am Markt?" fragte Margrete Röy; sie wurde auch rot."In unser Haus am Markt, ja. Aber ich kann wohl gar nicht mehr 'unser' sagen?" Ihr kamen wieder die Tränen. "Wenn Sie mich nur verständigen, komme ich hin."

Acht Tage später kam sie.

In einem wütenden Novembersturm, wie man ihn schlimmer in jener Gegend nie erlebt hatte. Das Wasser war noch nicht zugefroren, so daß Dampfer verkehren konnten. Aber nur mit Not und Mühe. Und bei der Stadt mußten sie Halt machen.

Margrete Röy war höchlichst erstaunt, als sie an diesem Tage die Nachricht erhielt, sie möge in das Krogsche Haus am Markt kommen.

Sie kam in ein warmes behagliches Haus hinein und war doch gewohnt, es ausgestorben mit heruntergelassenen Vorhängen zu sehen. Sie wurde eine breite, altmodische Treppe hinaufgeführt; es war die ganze Stilart der alten Stadthäuser zu Beginn des vorigen Jahrhunderts.

Mary saß in einem roten Boudoir, das seit den Lebzeiten ihrer Mutter unverändert geblieben war. Sie saß auf dem Sofa unter einem großen Porträt der Mutter. Als sie aufstand in ihrem schwarzen Kleide, bleich und mit müden Augen unter dem roten Haar, da erschien sie Margrete Röy wie die Verkörperung des Schmerzes, die schönste, die man sich vorstellen konnte. Es lag eine Feiertagsruhe auf ihrem Wesen. Sie sprach so leise, wie der Sturm draußen es irgend gestattete.

"Ich fühle, Sie ehren das Leid eines anderen Menschen. Ich bin auch überzeugt, daß Sie verschwiegen sind.""Das bin ich."Es dauerte eine Weile, bis Mary sagte: "Was für ein Mensch ist Jörgen Thiis?""Was für ein Mensch er ist?"

"Aus verschiedenen Gründen nehme ich an, daß Sie mir das sagen können.""Da muß ich aber erst fragen: sind Sie nicht mit Jörgen Thiis verlobt?""Nein.""Man hat es gesagt."Mary schwieg."Ja, sind Sie denn auch nicht mit ihm verlobt gewesen?""Doch."Da sagte Margrete rasch und freudig: "Aber Sie haben die Verlobung aufgehoben?"Mary nickte."Das wird manchem eine Freude bereiten; Jörgen Thiis ist Ihrer nicht würdig." Das schien Mary nicht in Erstaunen zu setzen. "Sie wissen etwas?" fragte sie."Ein Frauenarzt, liebes Fräulein, weiß mehr, als er erzählen kann.""Aber ich glaube doch, er hat mich geliebt", sagte Mary, um sich zu entschuldigen."Das haben wir alle gemerkt", antwortete Margrete. "Er liebte Sie sicher mehr als je eine zuvor." Und sie fügte hinzu: "Das war nicht zu verwundern ... Aber in Kristiania habe ich ein junges, süßes Mädel gekannt, die damals seine Einzige war! Sie war ganz aus dem Häuschen, und da sie sich nicht heiraten konnten, gab sie sich ihm hin.""Was tat sie?" Mary schrak auf; hatte sie recht gehört? Es stürmte draußen so sehr, daß man einander schwer verstehen konnte. Margrete wiederholte deutlich und mit Betonung: "Sie war ein warmherziges Ding und glaubte, sie sei wirklich seine Einzige.""Sie konnten sich nicht heiraten?""Sie konnten sich nicht heiraten. Da gab sie sich ihm hin."

Mary fuhr in die Höhe, blieb aber stehen. Sie hatte etwas sagen wollen, hielt aber inne.

"Erschrecken Sie nicht so, Fräulein Krog, das ist nichts Seltenes." Bei dieser Auslegung war es Mary, als sinke sie in eine tiefere Klasse herab. Sie setzte sich langsam wieder hin. "Sie haben gewiß in solchen Dingen gar keine Lebenserfahrung, Fräulein Krog."Mary schüttelte den Kopf."Dann wundert es mich, daß Sie beizeiten von Jörgen Thiis losgekommen sind; der hat Routine."Mary antwortete nicht. "Wir nahmen an, Sie würden noch vor dem Herbst heiraten. Besonders als Ihr Vater und Frau Dawes krank wurden.""Das wollten wir auch, aber es stellte sich als unmöglich heraus."

Margrete konnte nicht ergründen, was hinter dieser rätselhaften Antwort steckte. Aber sie sagte mit forschenden Augen: "Da wuchs wohl seine Begierde ganz bedeutend?"Es bebte in Mary, aber sie zwang es nieder. "Sie scheinen ihn zu kennen?"Margrete bedachte sich eine Weile: "Ja," sagte sie, "ich bin ja älter als Sie,auch älter als er. Aberzu meiner Schande sei's gesagt,in Kristiania vergaffte ich mich auch in ihn. Das merkte erund versuchte sein Heil." Sie lachte.

Mary wurde bleich, sie erhob sich und trat ans Fenster. Draußen peitschten Sturm und Regen mit wachsender Gewalt gegen die Scheiben; sie mußten jetzt ganz laut sprechen. Mary stand eine Weile und blickte in das Unwetter hinaus, kam dann zurück und stellte sich aufgeregt und unruhig vor Margrete hin.

"Wollen Sie mir versprechen: niemals einem Menschen zu sagen, worüber wir heute geredet haben?Unter keinen Umständen?"Margrete sah sie verwundert an: "Ich soll niemandem erzählen, daß Sie mich nach Jörgen Thiis gefragt haben?""Ich wünsche absolut, daß keiner es erfährt.""Auf wen geht das?"Mary sah sie an: "Auf wen das geht?" Sie verstand die Frage nicht. Margrete aber stand auf: "Ein Mensch kam eigens in diese Stadt, um Ihnen zu sagen, daß Jörgen Thiis Ihrer nicht würdig sei. Er kam zu spät. Aber mir scheint, er verdient zu erfahren, daß Sie jetzt selbst dahintergekommen sind, was für ein Mensch Jörgen Thiis ist."Mary antwortete eifrig: "Dem sagen Sie's! Dem können Sie es sagen.So ist er deshalb gekommen?" fügte sie langsam hinzu. "Es ist mir lieb, daß Sie mir das gesagt haben! Mein zweites Anliegen war nämlich ... (sie hielt einen Augenblick inne); das zweite, was ich Ihnen zu sagen hatte, war ... Sie sollen Ihren Bruder grüßen. Von mir.""Das will ich tun. Und ich danke Ihnen dafür! Sie wissen, was Sie meinem Bruder sind." Marys Augen wichen ihr aus. Sie kämpfte eine Weile mit sich. "Ich bin eine von den Unglücklichen," sagte sie, "die ihr eigenes Leben nicht ins Lot bringen können,nicht das, was geschehen ist. Ich kann den Faden nicht finden. Aber mir ist, als wenn Ihr Bruder Anteil daran habe."Sie wollte wohl noch mehr sagen, vermochte es aber nicht. Sie trat statt dessen wieder ans Fenster und blieb da stehen. Das Unwetter draußen drang mit tausendstimmiger Wut ins Zimmer. Es schrie förmlich nach ihr. "Herrgott, was für ein Wetter", sagte Margrete mit lauter Stimme. "Ich freue mich, in das Wetter hinauszukommen", sagte Mary, indem sie sich mit leuchtenden Augen umwandte. "Sie wollen in diesem Wetter hinaus?" rief Margrete. "Ich will nach Hause gehen!" antwortete Mary. "Noch obendrein gehen?!" Mary kam heran und stellte sich vor sie hin, als wolle sie etwas Gewaltiges, Ungestümes sagen. Sie hielt freilich inne; aber das Unausgesprochene stürmte empor in ihre Augen, in ihr Gesicht, in ihre Brust, daß sie die Arme in die Luft reckte und mit einem lauten Aufstöhnen auf das Sofa ihrer Mutter niedersank. Sie bedeckte ihr Gesicht mit den Händen.

Da kniete Margrete vor ihr hin. Mary ließ sich umarmen und wie ein müdes krankes Kind an ihre Brust ziehen. Auch das Weinen brach rührend und hilflos wie das Weinen eines Kindes aus ihr hervor; ihr Kopf sank auf die Schulter der Freundin.

Nur einen Augenblick. Dann richtete sie sich mit einem Ruck empor. Denn Margrete hatte ihr zugeflüstert: "Ihnen fehlt etwas. Sagen Sie es mir!"

Kein Wort als Antwort. Da wagte Margrete nichts mehr zu sagen. Sie stand auf; sie fühlte, hier war nichts mehr für sie zu tun.

Mary tat auch nichts, um sie zurückzuhalten. Sie war auch aufgestanden, und so sagten die beiden sich Lebewohl.

Aber als Margrete an der Tür stand, konnte sie doch nicht umhin, noch einmal zu fragen: "Wollen Sie wirklich hinaus?" Mary nickte, als wolle sie sagen: "Genug davon! Das ist meine Sache."

Da ging Margrete.

Die Laternen brannten schon, als Mary vor ihrem Hause stand. Sie konnte sich bei den Windstößen nur mühsam aufrechthalten, die sich von Südwesten her zwischen den Häusern durchpreßten. Sie hatte einen wetterfesten Mantel um mit einer Kapuze und hohe, gut schließende, wasserdichte Stiefel. Sie ging so rasch sie konnte. Eine einzige Vorstellung war von dem Gespräch mit Margrete Röy in ihr zurückgeblieben. Aber die jagte sie vorwärts, die peitschte ihr mit dem Regen zusammen in den Rücken:Margretes entsetzte Augen und ihr bleiches Gesicht, als sie gesagt hatte: "Ihnen fehlt etwas? Sagen Sie's mir!" Himmlischer Vater, sie wußte es! So würden alle sie ansehen, wenn sie es erfuhren! So tief hatte sie die Leute enttäuscht und gekränkt in ihrem Glauben an sie. Ihr war's, als seien sie alle hinter ihr her, als fliehe sie vor ihnen. Vor dem Krähenschwarm! Sie stürmte dahin und war außerhalb der Stadt, ehe sie selbst es merkte. Hier draußen, wo keine Laternen mehr standen, war es stockfinster; sie mußte eine Weile stillstehen, bis sie den Weg sehen konnte. Aber dann ging's erst recht vorwärts! Sie hatte den Orkan halb von hinten, halb von der Seite.

Das war der Richterspruch, der sie aus Land und Reich verjagte! Der sie noch weitertrieb! Ihr war's von der ersten Stunde an, da ihr Klarheit wurde über ihre Lage, gewesen, als habe sie ein Paket geschenkt bekommen, das sie bis jetzt nicht aufgemacht hatte. Sie hatte die ganze Zeit über geahnt, was darin war; aber eigentlich hatte sie es erst gestern aufgemacht. In dem Paket war ein großer schwarzer Schleier, in den sie sich und ihre Schande einhüllen konnte, der Schleier des Todes. Aber auch der Schleier wurde ihr nur bedingungsweise geschenkt. Unter einer Bedingung, die sie von Kind auf kannte. Damals war ihr die Geschichte einer Großtante erzählt worden, die es hatte verheimlichen wollen, daß sie während der Abwesenheit des Mannes schwanger geworden und deshalb heimlich Abend für Abend mit bloßen Füßen auf dem eiskalten Fußboden umhergelaufen war. Sie hatte den natürlichen Tod sterben wollen, der die Folge davon sein mußte. Dann wüßte keiner, daß sie sich das Leben genommen habe, und das Warum kam nicht heraus.

Aber irgendeiner hatte sie Nacht für Nacht so auf und ab gehen hören; daher kam es doch heraus.

Das wollte sie jetzt besser machen!

Die Schwäche, die vor Margrete so unerwartet über sie gekommen, war völlig geschwunden. Jetzt hatte sie Kraft zu ihrem Vorhaben.

Als solle ihr Mut sofort auf die Probe gestellt werden, tauchte neben ihr etwas Schattenhaftes auf. Es trat ungeahnt aus dem Dunkel hervor und so beängstigend nahe, daß sie zu laufen anfing.

Das Entsetzen, als sie durch das Toben der Elemente zu hören meinte, es komme hinter ihr hergelaufen! Da fand sie ihre Fassung wieder und blieb stehen. Da blieb das hinter ihr auch stehen. Sie ging weiter; da ging das Schattenhafte auch weiter. Nein, dachte sie: wenn ich nicht den Mut habe, dieser Sache auf den Grund zu gehen, so habe ich auch den Mut nicht zu dem ändern. Damit drehte sie sich um und ging direkt auf das Ungeheuer zu, das sie verfolgte: es wieherte gutmütig,es war ein junges Pferd. Es war gesattelt und suchte in seiner Verlassenheit den Menschen. Sie streichelte es und sprach mit ihm. Es war doch ein Gruß des Lebens, ein Verlassener, der eine Verzweifelte tröstete. Aber als es weiter mitging, lieferte sie es auf dem nächsten Bauernhof ab. Sie mußte allein sein. Die Leute waren höchlichst erstaunt. Daß jemand in dem Wetter draußen war, und noch dazu eine Frau! Sie floh hastig aus der Helle wieder ins Dunkel hinaus.

Das kleine Ereignis hatte sie gestärkt; sie wußte jetzt, daß sie Mut hatte. Und rasch schritt sie vorwärts.

Sie mußte jetzt über den ersten Hügel, den der Weg durchquerte. Ob es wirklich so war, oder ob es ihr nur so schien: der Sturm nahm beständig zu. Er mußte doch bald seinen Höhepunkt erreicht haben. Aber für sie lag all ihr eigener Jammer und ihre Schande darin. Gerade das gab ihr Kraft. Nicht vor dem Tode hatte sie Furcht,nur vor dem Leben.

Im Weiterschreiten durchdachte sie alles noch einmal. Sie wollte ihr Kind nicht verraten, nicht sich selbst retten, indem sie das Kind töten ließ. Es nicht zu fremden Leuten geben und dann verleugnen. Nicht leben ohne Selbstachtung.

Wenn ein Bewerber kämeund sicher kämen jetzt genau so viele wie früher!sollte sie es ihm dann gestehen? Oder schamlos verschweigen? Es gab nur eins, was sie mit Ehren tun konnte: mit ihrem Kinde zusammen untergehen. Zu nichts anderem fühlte sie sich fähig. Aber das mußte so geschehen, daß keiner etwas merke. Sie mußte an einer Krankheit sterben; also hieß es, sich diese Todeskrankheit zuzuziehen.

Das war sie sich selber schuldig. Denn sie war sich heute genau so sicher wie an jenem Abend, als sie zu Jörgen hineinging, daß sie nicht deswegen unglücklich zu werden verdiene.

Es war ein ungeheurer Irrtum, ja;aber daran war sie unschuldig. Es war gewiß auch stark mit Naturtrieb verquickt gewesen,trotzdem war es eine Handlung, deren sie sich nicht schämte. Sie war es sich selber schuldig, mit dem unverkürzten Mitgefühl aller zu sterben, die sie je gekannt hatte. Sie war das auch denen die in ihr die erste von allen gesehen hatten. Sie hatte nicht illoyal den Glauben dieser Menschen an sich aufs Spiel gesetzt.

Jetzt war sie vorn auf der Landzunge, und der fürchterliche Kampf, der hier begann, wurde unversehens zu einem Kampf um dies eine. Es war, als wollten alle Mächte der Welt ihr die Selbstachtung entreißen und sie verdammen. Hier war offnes Meer und meilenweit her rollten die Wogen in wachsender Empörung heran. Wenn sie dann am Felsen anprallten, sprühten sie meterhoch auf. Die allerhöchsten kamen mit den letzten, schneidenden Spritzern bis zu ihr hinauf. "Da hast Du's! Da hast Du's!" Und der Sturm, der gegen die zerrissene Felsenkante anraste, wollte sie durch die Macht des Luftdrucks herunterreißen. Obschon der Regenmantel die Kleider gut zusammenhielt, war's doch, als wolle der Sturm sie ihr vom Leibe herunterziehen: "Steh nackt in Deiner Schande, in Deiner Schande!"

Aber das rasende Schäumen der Wogen schüchterte sie nicht ein, sich schuldig zu fühlen, auch der Sturm konnte sie nicht bis an die Eisenstange treiben und vielleicht gar hinüber. Sie bückte sich, ja sie mußte bei den schlimmsten Stößen stillstehen; aber dann ging's wieder weiter, und sie hielt ihren Weg ein. "Ich gebe meinen Ehrenkranz nicht her,ich will mit ihm sterben! Deshalb sollt *ihr* mich nicht haben!"

Sie gelangte glücklich um die Spitze herum und auf die andere Seite und von dort in die Ebene zwischen diesem Hügel und dem nächsten. Hier war einmal ein Bergrutsch den Hang hinunter gegangen und unten lag das Geröll, über das jetzt der Weg führte. In diesem verwitternden Geröll stand ganz allein dicht am Wege eine einzige schwanke Birke. An die Birke dachte sie, als sie gerade an die Stelle kam; bei solchem Sturm mußte sie doch gebrochen sein? Nein, sie stand. Mary blieb daneben stehen und holte tief Atem. Die Birke beugte sich, daß Mary jeden Augenblick dachte: jetzt bricht sie; aber sie schnellte elastisch wieder in die Höhe. Sie selbst konnte sich nicht lange an dieser Stelle halten, so entsetzlich scharf pfiff der Orkan gerade hier um die Ecke; die junge Birke aber, die so hoch emporragte und eine so üppige Krone hatte und selbst so zart und schwach war, die stand stolz da, ganz aus eigener Kraft; an ihr prallte alles ab.

Sie wollte den Gedanken ausspinnen, als sie weiterging und in die Ebene einbog. Aber gerade hier bekam der Sturm die Macht, ihr den Regen ins Gesicht zu peitschen; jeder Tropfen war wie eine scharfe Nadel. Ach nein, dachte sie, solch Gefühl wäre es, wenn ich versuchte, dem Sturm zu trotzen, der meiner harrt.

Die Lichter auf den Höfen, das einzige, was sie sah, verkündeten Frieden. Aber sie wußte, was der Friede ihr bringen werde.

Sie schritt auf dem Wege an der Bucht entlang weiter; aber sie wurde allmählich müde. Sie merkte es daran, daß die Bilder überhand nahmen; die Wirklichkeit verschwand hinter Bildern. Alte Vorstellungen aus Büchern. Als sie auf die zweite Landzunge zustrebte, war das Meer, das hier wieder offen vor ihr lag, gar kein Meer, sondern lauter Seeungeheuer, die mit aufgesperrtem Rachen vor Begierde brüllten, hunderte und aber hunderte. Und die rasenden Raubtiere in der Luft mit den grausigen Schwingen hatten denen da unten versprochen, Mary ihnen zuzuwerfen. Sie hielt sich mit ihrer letzten Kraft an der Felswand fest; aber jetzt kam ein Graben, sie fiel hinein und durchnäßte ganz. Es sind also noch mehr Feinde da, dachte sie und krabbelte wieder heraus. Glücklicherweise war die Landzunge schmal; bald war sie an der Biegung nach der nächsten breiten Ebene. Dann kam nur noch ein Berg. Nicht um das Leben zu retten, wollte sie nicht hinausgeschleudert werden, nur um die Ehre zu retten. Fand man sie in der See oder war sie ganz verschwunden, so würden alle sagen, sie habe den Tod gesuchtund dann auch nach dem Grunde forschen.

Jetzt aber hörte sie durch die Dunkelheit den alten Finnenhund bellen. Ganz nahebei. Sie war schneller gegangen, als sie gedacht hatte, sie war ja schon beim Nachbargehöft, Jetzt sah sie auch die Lichter.

Schon der Gedanke, einem Wesen zu begegnen, das an ihr hing, bewegte sie. Sie liebte das Leben. Sie glaubte selbst nicht mehr, daß sie so untauglich zum Leben sei. Als diese wohlbekannte Stimme aus dem Dunkel nach ihr rief, war ihr zumut, wie einem Schiffbrüchigen, der am Ufer Menschen sieht.

Als sie über das Gehöft ging, verließ der Hund seinen Posten und kam kläffend, schweifwedelnd und triefend heran, um sich seine Begrüßung zu holen. Sie strich ihm dreimal zum Abschied über den Kopf und eilte weiter. Kurz darauf hörte sie ihn wieder bellen, aber anders, viel heftiger. Sie mußte unwillkürlich an Jörgen denken. Wie überhaupt auf dieser ganzen letzten Wegstrecke, die sonst nur ihrem Vater geweiht gewesen war. Wie hundertmal war sie hier von klein auf mit ihrem Vater gegangen und geradelt. Jetzt war auch das von Jörgen verschandelt. Sie konnte hier nicht mehr ohne ihn gehen. Keinen Schritt in ihrem Leben mehr ohne ihn.

Sie blickte unwillkürlich nach oben, aber Himmel war nicht zu sehen.

Ganz erschöpft rüstete sie sich, den letzten Hügelrücken zu überschreiten. Sie passierte ihn gedankenlos, ohne das Gefühl, daß es das letztemal war; aber auch ohne Bangen.

Das, worauf sie jetzt geradenwegs zuging, stand so fest in ihren Gedanken wie der Weg unter ihren Füßen. Der führte über die Feldmark von Krogskog auf die Landungsbrücke. Es war so finster, daß ihre Augen, die sich jetzt doch an die Dunkelheit gewöhnt hatten, die weißen Mauern der Kapelle erst dicht an der Landungsbrücke wahrnahmen. Ihre Gedanken schweiften hinüber zu den Gräbern auf dem Kirchhof; aber gleich kamen sie zurück, um sich zu sammeln für das Ziel ihrer Wanderung. Ohne Zögern setzte sie den Fuß auf die Brücke und ging hinunter. Hier dräute kein Orkan, hier peitschte ihr kein Regen ins Gesicht; die beiden waren zu freundlich gesinnten Mächten geworden, sowie sie den Boden von Krogskog betreten hatte. Die Höhen und die Inseln boten hier Schutz. Unter andern Umständen hätte sie eine Erleichterung gefühlt, und vielleicht den Frieden in dem heimischen Hafen empfunden,jetzt war jeder Gedanke abgestumpft. Ganz mechanisch eilte sie weiter. Mechanisch machte sie ein paar Knöpfe ihres Regenmantels auf, um den Schlüssel herauszuholen; mechanisch steckte sie ihn ins Schloß und öffnete die Badehaustür. Erst als sie drinnen stand in der Stockfinsternis, kam sie zum Bewußtsein und erschrak. Der Südwestwind, der hier noch übrig geblieben war, schlug die Tür zu, da schauderte sie zusammen. Es war, als sei sie nicht allein.

Sie mußte sich jetzt ausziehen und die Treppe hinuntersteigen, um eiskalt zu werden. Eis-eiskalt! Dann sich wieder anziehen und nach Hause gehen zum Fieber und zu den andern Dingen, die hinterher kamen. Hätte das Fieber die erwartete Wirkung nicht, dann hatte sie etwas, was nachhalf. Sie hatte es bei Frau Dawes in einem Fach gefunden. Dann träfe das Fieber die Schuld.

Aber nun, da sie mit dem Ausziehen anfangen wollte, war's, als krampfe sich alles in ihr zusammen, und eine Gänsehaut überlief sie. Vor dem Wasser, vor dem eiskalten Wasser, in das sie hineinmußte, hatte sie Angst. Huh, hier dicht bei war gewiß schon Eis. Sie mußte mit den nackten Füßen das Eis betreten! Sie wollte doch auf jeden Fall die Strümpfe anbehalten; die konnte sie nachher trocknen, damit keiner Verdacht schöpfe. Aber das eis-eiskalte Wasser ... wenn sie einen Herzkrampf bekäme? Nein, sie wollte sich bewegen, wollte schwimmen. Aber wenn sie sich am Eise schnitt, wenn sie wieder herauswollte? Sie mußte auch die Unterkleider anbehalten. Aber würden die bis zum nächsten Morgen trocknen? O doch, wenn sie sie an den Ofen hing. Sie mußte zuriegeln, damit alles in Ordnung war, wenn das Mädchen hereinkam. Wenn sie dann nur noch bei Bewußtsein war! Sie war nie krank gewesen; sie wußte nicht Bescheid damit.

Als sie in diese langen Überlegungen verfiel, hatte sie den Regenmantel aufgeknöpft. Nun, da sie die Kapuze abnehmen mußte, geschah das Unerwartete, daß sie ganz unwillkürlich statt dessen mit dem Kleide anfing und es oben am Halse aufknöpfte, wo das Medaillon ihrer Mutter hing. Da zitterten ihr die Hände, und auch ihren Körper überlief ein Beben. Sie hatte nicht an das Medaillon gedacht; nein, viele Jahre nicht, auch jetzt dachte sie nicht daran; daher rührte das Zittern nicht. Aber das Medaillon kam sozusagen bei dem Zittern nach oben. Sie mußte es jetzt doch abnehmen. Wenn sie es nur nicht vergäße! Nein, sie wollte es gleich in die Tasche stecken.

So!

Da kam ein neues Grauen. Ganz deutlich hörte sie feste Schritte auf der Landungsbrücke, die näher und näher kamen. Das Zittern hörte auf; instinktiv knöpfte sie erst das Kleid am Halse wieder zu, dann ganz, ganz schnell auch den Mantel. Wer hatte hier etwas zu tun? Im Badehause keinesfalls.

Doch just hierher kam es! Ein fester Griff, die Tür flog auf, eine mächtige Gestalt im Wettermantel stand im Rahmen; der Kopf mit der Kapuze ragte über die Türöffnung weg. Eine elektrische Taschenlaterne leuchtete ihr gerade ins Gesicht, sie stieß einen heftigen Schrei aus,es war Franz Röy.

Da überkam sie eine Ohnmacht, daß sie dem Umsinken nahe war; aber sie wurde umschlungen und hinausgetragen, alles in einem Nu. Sie hörte die Tür ins Schloß schnappen; sie wurde auf den Arm genommen und fortgetragen. Kein einziges Wort konnte sie sagen; auch er sagte nichts.

Aber am Ende der Landungsbrücke kam sie wieder zu sich; das merkte er. Bald hörte er denn auch: "Das ist Gewalt!" Keine Antwort. Gleich darauf ein heftiger Versuch, sich loszumachen, und wieder klang's nur lauter und lebhafter: "Das ist Gewalt!"Keine Antwort. Er schlang nur den andern Arm zärtlich um sie. Sie fragte heftig: "Wie kommt es, daß Sie hier sind?"Da antwortete er: "Meine Schwester!"

Die Stimme, diese Stimme legte sich zärtlich um sie. Aber sie wehrte sich dagegen: "Wenn Ihre Schwester es gut mit mir meint und Sie auch, dann lassen Sie mich los!" Er ging weiter: "Lassen Sie mich los, sag' ich! Das ist unwürdig!" Sie riß sich so heftig von ihm los, daß er sie anders fassen mußte, aber auf seinem Arm blieb sie. Mit tränenerstickter Stimme sagte sie: "Ich lass' es mir von keinem Menschen gefallen, daß er über mich bestimmt." Da antwortete er: "Sie mögen sich losreißen, soviel Sie wollen,ich trage Sie nach Hause. Wollen Sie mir nicht gehorchen, so lasse ich Sie überwachen!" Die Worte legten sich wie ein eiserner Reifen um sie; sie wurde ganz still: "Sie lassen mich bewachen?""Das tu' ich; denn Sie sind Ihrer selbst nicht mächtig."

Etwas Törichteres hatte sie in ihrem ganzen Leben nicht gehört. Aber sie wollte mit ihm nicht darüber disputieren. Sie antwortete nur: "Und Sie meinen, das habe einen Zweck?""Das meine ich. Wenn Sie sehen, wir wollen alles für Sie tun, was in unserer Macht steht, dann geben Sie nach, denn sie haben ein so gutes Herz." Sie schwieg eine Weile, dann sagte sie: "Ich kann keine Hilfe von einem Menschen annehmen, der nicht die rechte Achtung vor mir hat,"sie fing zu weinen an.

Da blieb Franz Röy stehen und blickte, so gut er konnte, unter seiner Kapuze zu ihr auf. "Ich nicht die rechte Achtung vor Ihnen?! Meinen Sie, dann trüge ich Sie? Für mich sind Sie das Feinste, das Schönste, was ich kenne. Darum trage ich Sie. Sie mögen getan haben, was Sie wollenich weiß, Sie haben es aus dem vornehmsten Gefühl heraus getan; anders können Sie nicht handeln! Sind Sie betrogen, haben Sie sich furchtbar geirrt,so liebe ich Sie nur noch mehrjetzt ist es gesagt!dann sind Sie doch ja auch unglücklich, meine ich! Dann kann ich Ihnen vielleicht doch irgendetwas sein. Das wäre das schönste, was mir geschehen kann. Ich will Sie verlassen, wenn Sie es absolut wünschen. Ich will mit Ihnen zum Altar gehen, wenn Sie soviel Zutrauen zu mir haben. Ich will den Schuft totschlagen, wenn Ihnen damit gedient ist. Ich will alles tun, was Sie wollen, wenn Sie nur glücklich dadurch werden. Denn das ist für mich das schönste."

Er hielt inne, fing aber wieder an:

"Ich habe nicht geglaubt, daß ein Mensch soviel Qual ertragen kann, wie ich empfunden habe, als ich heute abend hinter Ihnen herging. Hier stürzt sie sich hinunter, dachte ich. Dann muß ich mich auch hinunterstürzen. Bei diesem Unwetter bedeutet das sicher für uns beide den Tod; aber das hilft nichts. Das war's auch nicht, was mich peinigte. Nein, nur daß Sie so unglücklich, so verzweifelt waren. Daß Sie sich für unwürdig des Lebens halten konnten. Sie, die um keinen Preis der Welt je etwas Unwürdiges tun konnte. Nie, niemals bin ich einem Menschen begegnet, dessen ich mir in dieser Beziehung sicherer war. Und doch konnte ich Ihnen das nicht sagen. Und durfte Ihnen nicht helfen. Ich kannte Sie,ich getraute mich nicht in Ihre Nähe.

"Aber nun habe ich Sie doch gerettet. Denn Sie können nicht sterben wollen, jetzt, nachdem Sie mich angehört haben. Oder doch?" Er hatte sie schluchzen hören; er hatte gefühlt, wie sie ihre Arme um seinen Hals schlang, daß sie seine Worte fast erstickte. Jetzt ließ er sie langsam zu Boden gleiten. Aber der Arm, den sie ihm um den Hals gelegt hatte, löste sich nicht. Als sie auf der Erde stand, legte sie auch den andern Arm um seinen Hals und barg leise schluchzend ihr Gesicht an seiner Brust; ihr Herz schlug an seinem den Takt dazu, den raschen Takt der Freude.

Oben auf dem Hof hatten sie telephonisch Nachricht bekommen, das gnädige Fräulein sei unterwegs in dem schlimmsten Wetter, das je dagewesen sei. Aus dem Stadthause wurde immer und immer wieder angefragt, ob sie noch nicht da sei.

Das kleine Mädchen war schon mehrmals mit dem Hunde draußen auf der Treppe gewesen, ohne daß der Hund gebellt hätte. Diesmal aber bellte er,mehr noch, er setzte im Galopp davon.

Im Hause war man in der denkbar größten Aufregung. Keiner fand etwas Sonderbares darin, daß Unglück und Verzweiflung sie in Wetter und Sturm hinausgetrieben hatten. Sie bedurfte dessen! Sie sehnte sich danach, ihr Leben aufs Spiel zu setzen; sie legte keinen Wert mehr darauf. Als jetzt das kleine Mädchen hereingestürmt kam: "Sie ist da! Sie ist da!" weinten sie alle vor Freude. Sie hatten schon längst warme Zimmer und warmes Essen bereit. Nun legten sie noch ein Gedeck auf, denn Nanna kam wieder hereingestürmt und berichtete, sie sei nicht allein; die Kleine hatte einen Mann reden hören. Da sei gewiß Jörgen Thiis endlich gekommen! meinten sie. "Nein, es war nicht seine Stimme. Es war doch eine richtige Männerstimme!"

Die Freude des Hundes, als er sie sah, kannte keine Grenzen. Er winselte, er kläffte, er sprang ihr direkt ins Gesicht und wollte gar nicht aufhören. Als Franz Röy mit ihm sprach, begrüßte er ihn wie einen alten Bekannten, wandte sich aber gleich wieder Mary zu. Das kleine zottige Wesen sprühte förmlich Feuer. Es verkörperte die Freude der Heimat, sie gesund wiederzusehen. Ein Grüßen der Toten und der Lebenden. Das war ihre Empfindung. Sie dachte, vielleicht sei er auch ein Vorspiel zu ihrer eigenen wiedererwachenden Freude, wenn sie einmal das ausgestandene Grauen ganz los werden konnte.

Als sie mit dem Hunde hineinkam, der wie toll vor Freude war, da standen die sämtlichen drei Mädchen da, und die Kleine hinter ihnen. Sie hielten in ihrem Freudenausbruch inne, als sie den riesigen Menschen hinter ihr heraufkommen sahen; denn in seinem Wettermantel hatte Franz Röy etwas Übernatürliches. Aber nur einen Augenblick, dann riefen sie: "Nein, daß gnädiges Fräulein bei solchem Wetter draußen sind! Wie haben wir uns geängstigt. Die Verwalterin im Stadthause verständigte uns! Im Dorf ist Feuer. Alle Mannsleute sind da. Wir hätten sonst Hilfe geschickt. Gott sei Dank, daß Sie wieder da sind!"

Mary verbarg ihre Rührung, indem sie schnell nach oben ging. Sie kam in ihr warmes Zimmer, wo die Lampe schon angezündet war.

"Ist all diese Liebe und Fürsorge neu? Oder habe ich sie früher nur nicht beachtet?"

Der Hund winselte solange vor der Tür, bis sie ihn einließ. Seine Dankbarkeit war so aufdringlich, daß sie sich nur mit Mühe umziehen konnte. Besonders schwierig wurde es, als sie die Strümpfe wechselte.

Schließlich machte sie sich das Haar zurecht, da fiel ihr das Medaillon ihrer Mutter ein; sie holte es wieder hervor und band es um den Hals. Sie schaute es anzum erstenmal nach langen Jahrenund drückte und küßte es. Darauf steckte sie ein Licht an und ging damit über den Flur in ihres Vaters Zimmer. Sie setzte das Licht hin, beugte sich über sein Bett und drückte einen Kuß auf sein Kopfkissen. Dann wieder hinaus; aber vor der Tür des Fremdenzimmers stand sie still. "Hier soll er schlafen, damit es morgen wieder geöffnet werden kann. Dann ist alles Häßliche weg!" Zu dem Mädchen, das gerade nach oben kam, sagte sie, das Fremdenzimmer müsse geheizt werden. Das sei schon geschehen, antwortete das Mädchen. "Darf ich Fräuleins Lampe hineinstellen?" Sie bekam sie. Mary stand und sah ihr nach. Waren sie wirklich immer so gewesen?

Das Mädchen blieb im Zimmer, um alles zurecht zu machen. Sie selbst ging auf die Treppe zu. Da blieb sie wieder stehen. Der Hund, der schon unten gewesen war, kam winselnd wieder herauf. Er wollte sie nicht wieder verlieren. Sie streichelte ihn voll Dankbarkeit; das war gewissermaßen eine kleine Abzahlung auf das große Dankgefühl, das sie jetzt ganz erfüllte. "Morgenheute bin ich zu müdemorgen sage ich Franz Röy alles. Alles, was mir geschehen ist. Alles! Dann finde ich mich vielleicht selbst auch heraus." Mit diesem stolzen Vorsatz ging sie die Treppe hinunter, stand aber still, ehe sie unten angelangt war. "Seltsam! Ganz seltsam! Mir ist, als könnte ich es der ganzen Welt sagen."

Der Hund stand vor der Tür zu dem holländischen Zimmer; da witterte er Franz Röy.

Sie ging und machte die Tür auf. Aber kaum stand sie selbst auf der Schwelle, da rief Franz Röy, als sei es ihm schwer gefallen, solange zu schweigen: "Gott im Himmel, ist das hier schön!" Als er den Hund neben ihr sah, fügte er hinzu: "Und wie lieb man Sie hier haben muß!" Sein Gesicht leuchtete.

"In Uniform?" fragte sie."Ja, ich bin nämlich direkt von einer großen Hochzeit fortgeholt worden!" Er lachte.

Das brachte sie auf einen Gedanken. Während der Hund an ihrem Kleide riß und zerrte, blickte sie fröhlich zu Franz Röy auf: "Hier auf Krogskog hat früher schon einmal ein General vom Geniekorps gelebt."